사라지는 아이들 노래

사라지는 아이들 노래

양승이 지음

이담 Books

　이 책은 한국인의 삶의 모습에 대해 구비문학적으로 살펴보고자 했다. 여러 해 전 관심을 갖고 자료를 수집하고 연구를 시작했을 때, 이 주제에 대해 관심을 갖는 연구자는 별로 없었다. 하지만 작은 것을 소중히 여기고 자료를 수집하기 좋아하며, 학문 분야를 가로지르기 좋아하는 성격 때문에 여기까지 오게 되었다. 사실 학문 영역을 가로지르는 건 쉬운 일이 아니며 많은 노력이 필요하다. 그래서 말로 융합과 통섭을 떠드는 건 쉽지만 실지로는 어려운 일이다.

　이 책을 쓰게 된 동기는 두 가지이다.

　첫째, 우리의 관심 분야에서 소외되었던 향요를 통해 기층 백성들의 삶의 모습을 드러내는 것이 필요하다고 생각했다. 우리의 향요는 마을에서 백성들이 흥겹게 불렀던 노래이다. 이것은 우리나라에서뿐만 아니라 세계 어느 곳에서나 자연적으로 발생한 것으로 그 민족이 슬플 때나 기쁠 때 불렀던 노래이다. 그 종류가 우리나라에서 더욱 다양하고 발달되었으나 오늘날 우리가 들어서 알고 있고 부르는 것은 수십 수에 지나지 않으며, 가사도 자세하지 못한 것이 많기 때문에 이 방면에서 연구하는 학자들에게 많은 실망을 주는 것도 사실이다.

둘째, 우리 기층의 어른들과 어린이들이 즐겨 불러온 가사의 원형과 놀이의 방법을 온전히 복원하고자 했다. 이것은 무식한 계층에 속한 남녀노소들이 부른 노래로 선비들이 무가치한 것으로 취급했기 때문에 관심 밖에 있었던 것이다. 대단히 유감스러운 일이 아닐 수 없다.

이 책의 특징은 두 가지를 들 수 있다.

첫째, 오늘날 돌이켜보면 향요는 매우 소중한 노래임을 알 수 있다. 우리 민족문화의 편모라도 얻어보려고 한다면 우리 기층의 어른들과 어린이들이 불렀던 노래를 무시하고는 안 되기 때문이다. 이 노래는 아주 오래된 것으로 석대(昔代)의 사조(思潮), 언어학, 문학발달사 등을 살피는 데 있어서도 유용하기 때문에 그 가치를 돈으로 환산할 수 없다.

둘째, 이 노래는 가치가 높은 것으로 생각했기 때문에 남한과 북한 지역을 포함하여 전국 방방곡곡에 산재해 있는 자료를 수집하려고 노력했다. 곧 각 지방에서 우리 백성들이 즐겨 부르면서 한을 달랜 노래를 모았던 것이다. 특히 북한 지역의 노래는 피난민들을 통해 자료를 수집하였다. 노래는 모두 100여 곡으로 가사마다 해설을 붙여 노래의 유래와 놀이 방법 등을 설명했다. 그래서 민초들이 애창했던 노래의 원형을 완전히 복원해보려고 노력했다.

먼저 어려운 생활 속에서도 늘 격려를 아끼지 않고 성원해주는 아내 김종희와 딸 수진, 예진, 아들 정모에게 고마움을 전한다. 그리고 늘 애정과 관심으로 지켜봐 주는 여러 동료와 선배들, 삶과 학문의 세계를 이끌어주시는 여러 선생님들께 감사드린다.

한국학술정보(주)에서 이 책이 출간되어 더욱 뜻깊게 생각하면서, 채종준 대표이사님과 편집부 여러분께 감사의 말씀을 드린다.

2012년 12월
양승이

목차

제1부

조선의 향요(鄕謠)

조선 시대 향요에 나타난 민중의 소박한 미적(美的) 세계

I. 서론

본고는 조선의 기층 백성이 주로 애창하던 노래로 특정한 창작자가 없이 입에서 입으로 전해지며 민중의 생활 감정을 드러내는 조선시대의 향요를 통해 그 당시 백성의 소박한 생활상을 구명하는 데 목적이 있다. 향요[1]는 우리 백성이 즐겨 불렀던 고유한 노래로 향토민요라고 정의할 수 있다. 곧 각 지방 백성이 불렀던 노래로 민요 모심기 소리, 상엿소리 따위가 있는데 곡조와 사설이 즉흥적인 것이 특색이다. 세계 각국의 어느 지방에서든지 그 민족이 흥이 나면 춤추고 노래하는 것은 똑같지만 우리 민족은 고구려 시대부터 노래와 춤을 좋아했기 때문에 노래의 종류가 많은 것이 사실이다.

아득한 원시 생활에 있어서 미분화(未分化) 예술로서의 민요의 기반은 이미 완성됐으니 유사(有史) 이전의 문학 활동이 없던 시대에도 민요는 존재했으며 문학의 원조가 된다. 또 민족문화의 가장 원초적 위치를 차지하고 있기 때문에 민요의 연구는 민족사를 밝히는 좋은 방증이 될 것이며, 국문학의 발전과정을 파악하는 데 큰 도움이 될 것이다. 민요가 민족생활 속에서 생성·소장하고 그들의 생활과 더불어 자랐다면 민요 속에는 그 민족의 생활감정이 여실히 반영된다. 또 각 지방에 따라 향토적인 특색을 갖게 된다. 그러므로 민요를 통해서 민족성을 구명할 수 있으며, 향토적인 기질, 풍속, 자연 등을 살필 수 있다.[2]

---

1) 鄕謠는 우리나라 고유한 민중의 노래로, 사대부가 아닌 기층의 백성이 즐겨 부르던 노래이다. 『국어사전』에 보면, "향요는 우리나라 고유의 노래이다"라고 되어 있다.

옛날부터 우리 민족은 노래와 가무를 좋아했다. 「영신가」, 「동동」, 「정읍사」, 「공후인」, 「청산별곡」, 「서경별곡」 등 노래 종류도 다양하다. 「영신가」는 노동생활과 건국 신화가 결합된 노래이고, 「동동」은 소박한 농민생활이 노래에 흐르고 있다. 「정읍사」는 여인의 애정이 넘쳐흐르고 있고, 「공후인」은 부부간의 애정을 잘 보여주는 노래이다. 「청산별곡」과 「서경별곡」은 고려의 노래로 백성의 다정다감한 생활 감정이 흐르고 있다. 조선 시대의 민요는 일반적으로 사회 정치와 관련된 노래, 남녀의 노동에 관련된 노래, 생활 일반에 관련된 민요로 나눌 수 있다.

또한 동요와 부녀요, 남요로 나눌 수 있다. 동요는 아이들이 놀이하면서 즐겁게 부르던 노래이다. 예전에는 오늘날과 달리 장난감은 흔히 자연물을 가지고 놀았으니 흙이나 모래를 가지고 놀거나 아니면 뛰어다니면서 놀았는데, 그때 부르던 노래이다. 부녀요는 여성들이 노동하면서 부르던 노래이다. 물론 여성들이 부모나 친척에 대한 사랑이나 남녀 간의 애정을 노래한 것이 없는 것은 아니지만 일반적으로 노동을 할 때 불렀으니 <물레 노래>, <베틀 노래>, <삼삼기 노래> 등이 그것이다. 남요는 노동요가 주류를 이루는데 노동의 종류와 노동하는 사람에 따라 다양한 형태로 발전했다. 그중에서도 <모내기 노래>, <김매기 노래>, <뱃노래>가 많고 내용도 풍부하다.

---

2) 임동권, 『韓國民謠研究』, 한국학술정보(주), 2003, 287면.

II. 향요에 나타난 민중의 소박한 미적 세계

1. 조선 시대 향요의 제(諸) 종류

조선 시대의 민요는 조선 전기와 조선 후기로 나누어 살펴볼 수 있다. 조선 전기의 민요자료 수집과 인식은 고려 후기에 비해 특별히 진전된 것이 없다. 정부 차원에서 악관을 중심으로 속악을 정리하였는데 그 과정에서 민요에 관심을 가져 민요 수집을 계획하기도 하였다. 이러한 계획은 새로운 왕조에서 문물을 정리한다는 정치적 목적이 있었던 것으로 보이지만 그 결과물은 나오지 않았으니 오늘날 전하는 민요는 극히 영성한 편이다. 다만 이 시기에 편찬된 『악장가사』, 『악장궤범』, 『시용향악보』, 『악학편고』, 『대악후보』를 통하여 고려 시기 민요의 일면만을 엿볼 수 있을 뿐이다. 한편, 각 패설집, 예컨대 『용재총화』, 『용천담숙기』, 『혼정록』, 『문헌비고』, 『동계만록』, 『패관잡기』 등에 매우 단편적인 형태로 정치 민요 등이 수록되어 있으나 이는 부분적인 데 그친다. 『용재총화』에는 한 탁발승이 불렀던 노래가 한역되어 실려 있는데 이 노래는 유랑민의 노래로 해석된다.[3]

조선 후기의 민요는 조선 전기와 비교할 수 없을 만큼 작품이 수적으로 많고 질적으로 우수하다. 무엇보다도 한글로 표기된 자료가 많아서 민요의 원래 모습을 알아보는 데 도움이 된다. 첫째, 민요를 향유한 민중의 역량이 커졌다는 점을 원인으로 꼽을 수 있다. 둘째,

---

[3] 최철, 『韓國民謠學』, 연세대출판부, 1992, 26~27면.

민요를 채집한 사대부들의 인식의 변화에서 원인을 찾을 수 있다. 민중의 역량이 커졌다는 의미는 임진왜란을 거치는 동안에 민중이 지배체제의 허구성을 인식할 수 있었다는 것이다. 그 뒤 평민들이 향유한 문화는 날이 갈수록 풍부해져서 조선 후기의 독특한 문화를 형성하는 데 일조하였다. 사대부들의 인식 변화란 것은 사대부들이 그들의 고갈된 문화를 생동감 있게 뒷받침하고자 점차 민중의 문화에 관심을 기울이게 되었다는 점을 말한다. 그들은 예전과 같이 멸시의 차원에서 민중문화를 인식하던 태도를 지양하고, 민중문화가 상층문화의 기반을 형성하는 것으로 인식하게 되었던 것이다. 그리하여 많은 분야에서 저층문화에 대해 관심을 갖게 되었다. 이와 같이 조선 후기로 오면서 민중의 역량과 사대부들의 인식이 변화하면서 많은 민요가 창작되는데 이것을 주제별로 나누면 정치요, 노동요, 모내기 노래, 산유화, 만가(輓歌), 자장가, 달맞이 노래, 각설이 타령 등으로 정리할 수 있다[4]고 했다.

그런데 조선의 각 지역에서 기층의 백성이 즐겨 가창하던 노래를 동요(童謠)와 부녀요(婦女謠), 남요(男謠)로도 나눌 수 있다. 동요로는 팽이 노래 / 잠자래 / 새야 새야 / 하날 때 / 달아 달아 / 꼭 꼭 숨어라 / 두껍아 / 군사놀이 / 닭잡기 / 어깨동무 / 고사리 꺾어 / 자리걷기 / 호박 따기 / 토끼 씨름 / 달 넘기 / 담 넘기 / 버들피리 / 남자리 낙구기 / 꼬사리 꺾자 / 진 뺏기 / 연날리기 노래 / 하날 때 놀음 / 군수놀이 / 동요 / 영감 곶감 / 갈강새 / 꼬부랑 할머니 / 앵앵가 / 숨기놀이 가(歌) / 한가래 / 비듬놀이 / 한알똥 (1) / 한알똥 (2) / 줄넘기 / 널 노래

---

4) ____, 위의 글, 31~55면.

/ 평양감사(平壤監司)놀이 / 조개돌(조약돌)채기 / 신통맹통 등이 있
다. 이것은 조선의 어린이들이 즐겁게 놀이하면서 부르던 노래이다.

부녀요와 남요로는 거북이놀이 / 장완이야 / 널뛰기 노래 / 영월(迎月)
/ 청어 엮자 / 수월래 춤 / 쾌지나칭칭 / 지신밟기 / 화전가(花煎歌) /
농악(農樂) (1) / 농악(農樂) (2) / 농악(農樂) (3) / 지신놀이 / 지신 노
래 / 지신밟기 / 메밀 노래 / 베틀 노래 / 둥기당 타령(打令) / 계화타
령(桂花打令) / 적마가(績麻歌)(1절 첩의 노래) / 진삼가래 / 달맞이 노
래 / 칭칭놀이 / 우물제 / 어부가(漁夫歌) / 김서방(金書房)놀이 / 김서
방놀이 / 망치장군 놀이 / 달구 노래 / 소시랑 노래 / 호미소리 / 황해
초가(黃海樵歌) / 곱새치기 / 풀묵 / 따장 / 언문 노래 / 일본(日本) 갔
더니 / 나두나두 / 서화가(鼠火歌) / 수 십(數 十) / 놋다리밟기 (1) /
놋다리밟기 (2) / 놋다리밟기 (3) / 놋다리밟기 (4) / 강강수월래 (1) /
수월래 (2) / 수월래 (3) / 수월래 (4) / 수월래 (5) / 수월래 (6) / 수월
래 (7) / 수월래 (8) / 수월래 (9) / 수월래 (10) / 수월래 (11) / 수월래
(12) / 수월래 (13) / 수월래 (14) / 수월래 (15) / 수월래 (16) 등이 있
다.5) 위의 동요 38곡과 부녀요와 남요 60여 곡은 모두 조선 팔도에
서 기층의 백성이 즐겨 가창하던 향요이다.6)

---

5) 여기의 100여 수의 鄕謠는 필자가 수집한 자료이며, 미간행된 자료이다. 지역별로는
   조선 팔도에 걸쳐 있다.
6) 이 밖에도 물론 노래가 더 있을 것이다. 여기서는 본인이 수집한 자료를 중심으로
   나누어본 것임을 밝혀둔다.

2. 소박한 민중의 미적 세계

1) 동요에 나타난 소박한 삶의 미(美)

동요는 아동의 세계에서 구창되는 노래이다. 동요가 아동들의 노래인 만큼 순박한 동심과 그리고 본능적으로 발산하는 사물에 대한 비범한 관찰과 보편 속에서 경이를 발견하고 이것을 풍소(諷笑)와 해학적으로 표현하는 언제나 귀엽고 명랑한 맛을 지니고 있다.[7] 우리나라 동요는 오랜 전통을 가지고 있으나 지금 전하는 동요들은 거의 모두가 19세기에 불린 것이며 그 뒤에 수집된 것들이다. 아이들의 생활에는 놀이가 기본이므로 놀이에 대한 노래들이 많다. 그러나 어느 노래를 보아도 장난감 하나 가지고 논 흔적이 없다. 양반집이나 부잣집에서는 값비싼 노리개나 장난감을 만들어주기도 하지만 가난한 아이들은 흙장난 놀이가 아니면 맴돌리기를 하거나 또는 무리를 지어 뛰어다니면서 노는 수밖에 없었다. 그 밖에 부모 생각, 놀려주기, 말재간, 꽃노래, 새 쫓기 노래 등을 담았다.[8] 다음에서 아동들이 즐겨 부른 동요를 차례대로 살펴보기로 한다. <잠자래>, <하날 때>, <꼭꼭 숨어라>, <두껍아>, <호박 따기>, <군사놀이>, <닭잡기>, <영감 곶감> 등의 순으로 보고자 한다.[9]

---

7) 임동권, 『韓國民謠硏究』, 한국학술정보(주), 2003, 289면.
8) 김상훈, 『타박타박 타박네야』, (주)도서출판 보리, 2008, 559면.
9) 양승이, 미간행 『朝鮮의 鄕謠』 자료집에서 인용하였다. 아래에 인용되는 노래는 모두 특별한 언급이 없는 한, 여기서 인용하였음을 밝혀둔다.

<잠자래>

짬자래 꿈자래
저리가면 죽는다
이리가면 산-다
고기고기 앉저라

　이 동요는 숯 조선적이라고 볼 수 있다. 어느 때부터 이 노래가 시작되었는지를 정확히 알 수 없지만 하여간 오랫동안 선조들이 불렀던 듯하다. 아동들이 수수깡이나 혹은 긴 대나무 끝 부분을 휘어서 둥근 모양을 만들고 그 위에 말거미 줄을 씌운 잠자리채를 만든다. 이 잠자리채를 들고 다니면서 잠자리를 잡을 때 부르던 노래이다. 흔히 시골 아이들이 싸리나무를 휘어 둥근 모양으로 만들고, 거기에 거미줄을 씌워 잠자리채를 만들어서 논다. 거미줄 대신에 둥근 모양의 싸리나무에 비닐봉지를 잘 씌워서 잠자리채를 만들기도 한다. 하지만 비닐봉지가 흔치 않던 시절에 이 방법을 흔히 이용하였다. 또한 이와 별조(別調)로, 평안도에서는 아래의 가사와 같이 부르기도 하였다.

앉질방 쫄방 (혹은 '앉질 곤 쫄곤'이라고도 한다.)
쫄방 앉질 방
파리 잡아 줄께
이리와 앉아라

<하날 때>

하날 때 두알 때
사마중 날 때 육낭 거지
팔대 장군 고두래 뺑

이 동요는 아이들이 모여서 술래잡기 놀이를 할 때 흔히 부르던 노래이다. 이 노래는 연대가 오래된 느낌이 든다. 가사의 어투나 사실로 보아 더욱 그런 점이 발견된다. 이것은 여러 아이가 모여 놀이를 하면서 부른 노래이다. 놀이의 방법은 서로 '가위바위보'를 하여 술래를 정한다. 아이들이 모여 '가위바위보'로 게임을 해서 이긴 사람은 꼭꼭 숨고 진 사람은 술래가 되니, 진 사람이 술래가 되어 꼭꼭 숨은 사람들을 찾는다. 그런데 술래잡기 놀이를 할 때 '가위바위보'라는 게임을 하여, 술래가 되는 자와 숨는 자를 정하는 것이 아니라 여러 아이가 나란히 서서 차례로 '하날 때 두알 때' 하면서 세어가는데 마지막에 '뺑'을 말하는 사람이 술래가 되는 것이다. 곧 술래를 선출하는 방법의 하나라고 하겠다. 경기도 지방과 강원도 지방 일대에서 하는 놀이이다.

<꼭 꼭 숨어라>

꼭 꼭 숨어라
머리카락 보인다

이 동요는 술래잡기할 때 어린이들이 부르는 노래이다. 어린이들이 모여서 '가위바위보' 게임을 하는데 이긴 자들은 모두 도망가서 꼭 꼭 숨는다. 진 한 사람은 고양이가 되어 숨은 자들을 찾는다. 이 놀이를 할 때 '당'이라고 하는 일정한 본거지를 두고 한다. 이 '당'에서 술래는 눈을 감은 채 열까지 세고 나서 눈을 뜨고 숨은 자를 찾으러 다닌다. 그런데 숨은 자들이 술래에게 들키지 않고 '당'에 도착하면 산 자가 된다. 반면에 술래에게 들켜서 잡힌 사람은 다시 고양이가 되어 숨은 사람을 찾는 놀이이다. 만약 여러 명이 술래에게 들켜 잡혔으면 다시 '가위바위보'를 하여 그 가운데서 마지막에 진 한 명을 술래로 정한다.

이 노래는 술래에게 들켜서 잡히지 않고 먼저 '당'에 도착한 사람들이 아직 숨어 있는 사람들이 들켜서 잡힐까 염려되어 이 노래를 부른다. 곧 고양이(봉사)가 된 술래의 뒤를 졸졸 따라다니면서 아직 안 잡힌 사람들에게 주의를 주느라고 이 노래를 부른다. 이것은 유래가 오래된 것으로 조선 시대 일반적으로 부른 노래로 볼 수 있다.

<두껍아>

두껍아 두껍아
네 집 지어 줄께
내 집 지어 다오

이 동요는 경기도 지방을 중심으로 각 지방에서 널리 부른 노래이다. 이 노래는 어느 때 불렀는가 하면 어린아이들이 모래밭에 앉아서 모래를 모아놓고 집 짓는 놀이를 할 때 불렀다. 모래 속에 오른손을 넣어 파묻고서 왼손으로 모래 속에 파묻은 오른손 손등 부분을 두드리면서 모래가 단단하게 굳어지게 한다. 그렇게 한 뒤 모래가 굳으면 오른손을 쑥 뽑으면 모래집이 만들어진다. 그런데 그때 모래집이 무너진 사람은 진 사람이 되고, 모래가 무너지지 않아 완전한 모양으로 집 형태의 굴집이 된 자는 게임에서 이긴 사람이 된다. 이 노래는 모래집을 만들 때 무너지지 말라고 외우는 주문인 셈이다. 또 이렇게도 부른다.

두껍아 두껍아
헌집 줄께
새집 다우

<군사놀이>

어디 군산가   경상도 군살세
몇천 명인가   삼천 명일세
몇백 바퀴 돌았나   삼백 바퀴 돌았네
무슨 칼을 찼나   장도칼을 찼네!
무슨 신을 신었나   가죽신을 신었네
동대문이 어디인가   여길세

이 동요는 여러 아이가 모여 서로 손에 손잡고 둥근 모양으로 빙 둘러서서 부른다. 한 어린아이가 말한다. "어디 군산가!" 상대편의 어린아이가 대답한다. "경상도 군살세!" 이런 방식으로 차례대로 묻고 답하면서 놀이를 하는데 마지막에는 이렇게 묻는다. "동대문이

어딘가!” 그러면 두 명이 대답한다. “여길세!” 그리고 이 마지막에 말한 군사 두 명의 어린아이가 동대문을 만든다. 곧 두 군사가 된 어린아이가 서로 마주 잡고 있던 손을 높이 들면 동대문처럼 모양이 된다. 그러면 여러 아이가 그 문으로 빠져나간다. 이때 부르던 노래이다. 경기도 이남 지방에서 흔히 볼 수 있다.

<닭잡기>

닭아 알 하나 주렴
십 년 돼서 넘어간 이 바주를 세워주면 알 하나 주지
그러면 세워주지

다 고쳤으니 알을 주렴
굴려요
굴려도 주렴
굴려요
굴려도 주렴

버려요
버려도 주렴
버려요
벼려도 주렴

서요
서도 주렴
없다

이 동요는 아동 수십 명이 모여 서로 손을 잡고 빙 둘러앉아 담이 무너진 형태를 만들고서 부르는 노래이다. 그 둥근 모양의 형태로 담을 만든 한가운데 앉은 아이가 닭이 되어 주인공 역을 맡으며, 그 담장 바깥쪽으로 앉은 아이들이 쥐가 되어 상대역을 맡는다. 닭과 쥐가 하는 대화이다. 처음에 쥐가 알 하나를 달라고 한다. 닭은 무너진 담을 바로 세워주면 준다고 한다. 그러면 쥐가 된 아이는 담이 되어 빙 둘러앉은 사람들의 주위를 돌면서 다 세워놓는 시늉을 한다. 그러고 알을 달라고 한다. 이렇게 놀이를 하면서 서로 주고받은 말이 바로 이 노래이다. 마지막에 가서는 닭이 "없다"고 하는데 쥐는 화가 나서 닭을 쫓는다. 그러면 빙 둘러앉은 아이들은 쥐가 담 안으로 들어오지 못하도록 막는다. 쥐가 들어오면 닭은 담 밖으로 나가면서 피한다. 놀이에 유희가 가미된 것이다. 경기도 지방을 중심으로 조선의 방방곡곡에 널리 퍼져 있다.

<호박 따기>

허리가 아파서 살 수 있나   호박 하나 주오
지금 씨를 심었으니   있다가 오오

나 호박 하나 주오
지금 꽃이 피었으니   있다가 오오

나 호박 하나 주오
지금 겨우 매쳤으니   한참 있다 오오

나 호박 하나 주오
내일모레 익을 테니   그때에 오오

나 호박 하나 주오
그러면 따 가시오

안 떨어지니 어떻게 따요
집에 가서 목욕재계하고 떡 해가지고 와서 호박밭에 와 빌으오

　이 동요는 충청북도 충주 지방을 중심으로 부른 노래이다. 여러 여자아이가 차례대로 상대방의 허리를 붙들고 앉는다. 그중에서 앞쪽에 앉아 있는 아이가 주인 역할을 하고, 또 한 아이는 호박을 얻으러 온 할머니 역할을 한다. 서로 묻고 대답한다. 할머니가 호박이 안 떨어진다고 하니까 주인이 빌고서 따 가라고 한다. 그런데 자꾸만 호박을 따 가려고 하니, 호박 역할을 맡은 아이들은 서로 꼭 붙들고서 떨어지지 않으려고 한다. 할머니가 묘안을 짜내어 밤에 주인이 잠잘 때에 호박을 따 간다. 주인은 잠이 깨어서 호박이 없어진 것을 알고 도둑맞은 호박을 찾으러 밖으로 나간다. 호박 주인과 따 간 할머니와 말하는 동안에 호박인 여자아이들이 모여 와서 할머니를 마구 죽인다는 시늉을 한다. 이 놀이의 기원은 어느 때인지 모르나 투박한 감이 있다.

<영감 곶감>

영감 곶감
닭의 다리 양감
영감 곶감
닭의 다리 양감

이 동요는 평안북도 지방 일대에서 아이들이 부르는 노래이다. 노인들이 아이들의 잘못을 지적하여 욕하거나 나무라면 아이들이 도리어 노인들한테 이 노래를 부르면서 노인을 놀려 먹는다.

이로써 아동들이 모여 놀이하면서 부른 노래 몇 곡을 살펴보았는데 천진난만한 어린이들의 동심의 세계를 여실히 엿볼 수 있다. 이러한 어린이들의 깨끗하고 순수한 동심의 세계를 노래를 통해 감상하는 것은 오늘날 정서가 메마른 어린이들의 동심의 세계에 아름다운 울림을 줄 것이다. 그래서 오래전 각 지방에서 부른 동요는 값으로 환산할 수 없는 소중한 우리의 자산이 된다.

2) 부녀요에 나타난 소박한 삶의 미(美)

부녀요[10]는 조선의 부녀층에서 즐겨 불렀던 노래이다. 과거의 우리 가족제도가 부녀들의 외출이 자유롭지 못하였고 집안에서도 구속

---

10) 임동권은 『韓國婦謠硏究』에서, "婦謠의 의의로, 부녀자들이 內房에서 바느질하고, 베 짜고 아이를 어르면서 노래하고, 뜰에서 방아 찧고, 맷돌 돌리고, 도리깨질하면서 노래 부르고, 들에 나아가서는 밭매고, 빨래하고 일하면서 노래하였으니 마음의 거울이요, 생활의 결정이라는 데서 의의를 갖는다. 여기서 婦謠가 문학에서 문제되면서 민속학과의 관련을 가지게 된다"고 하였다. 『韓國婦謠硏究』, 집문당, 1982, 13면.

적인 존재였으니 이러한 생활의 서러움이 남몰래 스며 나오는 것이 민요다. 그들은 작업을 할 때나 고독할 때 혼자 입속말로 무엇인가 중얼거리는데 이것이 부녀요의 싹이 된다. 따라서 부녀생활의 호소인 부녀요에는 그들의 생활감정이 역력히 반영되어 있다[11]고 했다. 다음에서는 묘령의 처녀들과 부인들이 부른 <널 노래>, <널뛰기 노래>, <수월래 춤>, <장완이야>, <메밀 노래>, <청어 엮자>, <베틀 노래>를 차례로 살펴보기로 한다.

<널 노래>

덜컹 덜컹
하늘까지 올라라
떨어지지 말어라
궁둥이 깨지면
네 신랑 안 온다
덜컹 덜컹

이 노래는 정월 대보름을 전후하여 묘령의 처녀들이 집 안 뜰에 모여 널뛰면서 불렀다. 물론 전선적(全鮮的)인 것으로 볼 수 있으나 평안북도 영변 지방에서 흔히 부르면서 논다. 유래는 오래된 듯하다.

---

11) 임동권, 위의 책, 301면.

<h2 style="text-align:center"><널뛰기 노래></h2>

좀먹지 말게 뚜여라 칙간 밑에 꼭 꼽아놓고 꿍꿍 뚜여라
형네 집서 콩 하내를 얻어다가 심었드니
콩 한 되가 되였네
한 되를 심었드니 한 말이 되였네
한 말을 심었드니 한 섬이 되였네

이 노래는 여자들이 정월 대보름과 추석 명절에 불렀다. 나무 베개 위에 널빤지를 올려놓고 좌우 널빤지로 여자들이 각자 올라서 서로 마주 보며 널뛰면서 불렀다. 전라남도 화순 지방에서 많이 불렀다.

<h2 style="text-align:center"><수월래 춤></h2>

뒷동산에 토끼들은 포수(砲手)올까 근심하고
우리나라 부자들은 도적올까 근심하고
삼가독자 외아들은 병(病)이들까 근심하고
남자짜리 각시들은 시집살이 근심하고
우리같은 처녀들은 길쌈하기만 근심하네

이 노래는 전라남도 영암 지방에서 유행했다. 팔월 추석날 묘령의 처녀들이 모여서 서로 곡조의 장단을 맞춰가면서 흥겹게 불렀다. 사람이 살아가는 데 있어서 고락의 한 장면을 아주 여실히 드러낸 것으로 한층 더 볼만하고 가치가 있다.

<장완이야>

장완이야 장완이야 팔만도장완이야
건네전지 제처놓고 한데못본 내장완이야
장조쿤 장완이야 손재세 손재서
전지마닥 손세우세 짧은 밤에 간잠자세

이 노래는 가을밤에 여자들이 한 집에 모여 앉아서 같이 길쌈을
하면서 밤새울 때 불렀다. 전라남도 순천 지방을 중심으로 널리 부르
고 있다.

<메밀 노래>

메밀가든 사흘 만에 메밀밭에 가니까네
꽃은 흰 꽃이요 잎은 푸른 잎이요
대는 붉은 대요 열매는 캄은 열매
깔닥 낫을 손에 들고 올라가며 한 단 비고
내려오며 두 단 비고 두리두리 비어 내어
바리바리 실어다가 멍석으로 자리 피고
도리깨로 난장 마쳐 싸리비로 술럭 쓸어
방간에다 배락마쳐 채구멍을 빠자나와
금반자 찌는 솥에 부득부득 치대가고
안반에다 분을 발라 홍두깨다 분을 입예
은장두야 드는 칼에 와삭와삭 끊아가고
조구마는 노구솥에 와삭와삭 끊아가고
조구마는 노구솥에 기름장물 똑떡껫서

마락케 대우쳐서 은대접에 은절걸고
놋대접에 놋절걸고 맛있껐고 나움나움

　이 노래는 경상북도 영덕 지방에서 불렀다. 가을부터 겨울까지 여
자들이 한 방 안에 모여 둥글게 자리 잡고 앉아서 흥에 겨워 노래를
부른다.

<청어 엮자>

청 청 청어 엮자
어떤 것이 새로운가(싱싱한가)

　이 노래는 전라남도 해남 지방의 여자들이 상원(上元)과 추석(秋夕)
명절에 두 패로 나누어 일직선으로 손을 잡고 늘어서서 불렀다. 먼저
선두에 선 사람이 "청 청 청어역자" 하면서 기운차게 노래하며 손과
손이 맞잡은 사이의 밑으로 돌고 나아가 빙빙 돌아간다. 다음 차례의
사람이 돌아가는 동안에 한쪽 손을 앞에서부터 머리 밑으로 감아간
다. (선두가 왼쪽으로 놀아가면 왼손, 바른쪽으로 돌아가년 바른손이
감긴다.) 이와 같이 해서 선두의 줄이 끝까지 돌아가는 동안에 전부
다 감기면 그때에 "어느 것이 싱싱한가!" 하면서 그물을 끊는 시늉을
한다. 이때에 손을 놓친 사람이 진다. 유래는 먼 것 같다. 이것이 해
양문학이라면 더군다나 여자들이 한다는 것으로써 경축할 만하다.

<베틀 노래>

생글생글　생까락지　호닥질노　딱가나여
먼대보니　달일네라　잘에보니　처녈네라
그처자야　자는방에　숨소리도　들릴네라
말소리도　들일네라　말소리도　들릴네라
열한가지　약을먹고　명주천에　목을매어
자는듯이　죽고저라　우리엄미　들었으면
골이라도　서글할네

　이 베틀 노래는 영덕 지방의 가곡이다. 이 노래는 겨울부터 봄까지 불렀다. 여인네들이 길쌈하면서 조용히 노래를 불렀다. 이것은 아마도 신라 시대에 하던 유풍이 아닌가 한다. 가배(嘉排)날 여러 여자가 함께 모여 누가 길쌈을 더 많이 삼는지 공을 내기하기 위해 놀던 그때의 일편(一片)이 오히려 남아서 전해오는 것이 아닐까 의심을 던져준다. 아직 확실한 증거가 미약하여 자신이 없기 때문에 그냥 두고 후일을 기다리기로 한다.

　이로써 <널 노래>, <널뛰기 노래>, <수월래 춤>, <장완이야>, <메밀 노래>, <청어 엮자>, <베틀 노래> 등을 통해 묘령의 처녀들과 부인들이 정월 대보름과 추석 명절, 겨울과 봄에 부른 노래를 살펴보았다. 조선의 여인네들은 명절 때나 평소 일할 때에 받은 스트레스를 노래를 부르면서 마음을 달래고 한을 풀었던 것을 감지할 수 있다.

3) 남요에 나타난 소박한 삶의 미(美)

　남요는 남자가 부르는 노래이나 여기서는 그중에서도 주로 성인 남자들이 부르는 노래를 취급하기로 한다. 부녀의 생활이 정적(靜的)이라면 남자의 생활은 동적(動的)이다. 따라서 생활의 반영인 민요도 성격적 차이를 보여주게 된다. 부녀들이 부르는 노래가 가정 내에 있어서 억압과 공상과 그리움 속에서 호소하는 데 반하여 남요는 방일하고 자유롭고 낭만적이며 성적 노골성을 그대로 표현하고 있다. 이와 같은 차이는 사회적 위치와 천부의 기질이 원인이 되었을 것이다.[12] 다음에서 ＜지신밟기＞, ＜거북이 놀이＞, ＜소시랑 노래＞, ＜호미 소리＞를 보기로 한다.

＜지신밟기＞

　이 샘물도 좋소
　저 샘물도 좋소
　주천겉은 샘물을
　벌떡벌떡 마시오
　에헤라 지신아

　이 노래는 대구 지방을 중심으로 많이 흥행한다. 음력 정월 대보름날에 농민들이 악기를 울리면서 집집마다 뜰 또는 부엌에서 지신을 밟으면서 춤춘다. 그러면 주인은 그에 대한 답례로써 술, 돈, 쌀

---

12) 임동권, 위의 책, 307면.

같은 것을 내어준다. 이것도 역사가 오랜 것 같다.

<거북이 놀이>

거북아 거북아 놀어라
만석거북아 놀어라
천석거북아 놀어라

이 노래는 일반 농민들이 많이 부르면서 복을 빈다. 바닥에 까는 자리로, 거북이 모양을 만들어서 머리에 쓴 사람이 앞잡이가 되어 길을 인도한다. 그다음으로는 농악대가 이어서 마을의 집 대문 안에 들어와서 여러 가지 재미있는 놀이를 하고 그 집에 복을 빌어준다. 이 복받이한 집에서는 음식을 잘 차려서 놀이꾼과 손님들을 잘 대접한다. 흔히 추석날 이 노래를 부르며 논다. 충청남도 천안 지방을 중심으로 부른 노래이다.

<소시랑 노래>

(후렴: 에헤헤 헤헤에이야 소시랑이로다)
1. 서산 해가 다가기 전에
   이 한 배미 다 엎고 가자

2. 쉬지 말고 흙덩이를
   벌컥 벌컥 뒤집어라

이 노래는 소로 논밭을 갈아 흙을 뒤집어엎는 쟁기가 아니라 일꾼이 농기구인 쇠스랑으로 땅을 파면서 부르는 노래이다. 옛날에는 이와 같은 방법으로 논농사를 지었으나 오늘날에는 이 농사짓는 방법이 폐지되었으니 요즘 사람들은 거의 알 수 없다. 평안북도 영변 지방에서 부르던 노래이다.

<호미 소리>

에헤야 호－미야
호미가 놀－ 구서두
매구나 가자

이 노래는 논에 모심는 이앙법이 발달하기 전으로 산종시대(散種時代)에 불렀다. 벼 씨앗을 모판에 뿌렸기 때문에 논에다 모를 심으려면 모판에서 벼 모종을 뽑아야 한다. 곧 모판의 흙덩이를 엎어가면서 벼 모종을 뽑아서 벼 모종을 떠놓으면, 수십 명의 일꾼이 품앗이하면서 논에다 모를 심는다. 이렇게 논에 심어놓은 모를 김맬 때 부르는 노래이다. 이 '호미 노래'는 '소시랑 노래'와 같은 것으로 오늘날에는 보거나 듣기 힘들다. 이것으로써 농기계(農機械) 발달(發達) 이전의 태곳적 농민 생활의 편모를 엿볼 수 있다. 영변 지방에서 흔히 부른다.

이로써 정월 대보름날 농민들이 악기를 울리며 집집마다 뜰 또는 부엌에서 지신을 밟으면서 춤추는 노래를 살펴보았으며, 추석날 농민들이 부르면서 복을 비는 노래를 살펴보았다. 추석에 농악대가 마을의 집 대문 안으로 들어와 놀이를 하고서 복을 빌어준다. 이 복받이한 집에서는 음식을 잘 차려서 놀이꾼과 손님들을 잘 대접한다. 또 일꾼의 농기구인 쇠스랑과 호미 노래를 살펴보았는데 쇠스랑은 땅을 파면서 불렀던 노래이다. 호미 노래는 논에 모심는 이앙법이 발달하기 전인 산종시대(散種時代)에 불렀다. 곧 논에 심어놓은 모를 김맬 때 부르는 노래이다. 이 '호미 노래'와 '소시랑 노래' 같은 것은 오늘날에는 듣기 어려운 것으로 이를 통해 농기계 발달 이전의 태곳적 농민 생활의 편모를 엿볼 수 있다.

Ⅲ. 결론

   이로써 조선 시대의 향요를 동요와 부녀요, 남요로 나누어 살펴보았는데 각 지역에서 어린이들과 어른들이 애창하던 노래를 통해 그 지역의 고유한 사상과 소박한 향토적 미학의 특색을 엿볼 수 있었다.

   첫째, 어린이들이 모여 놀이하면서 부른 노래에서는 천진난만한 어린이들의 동심의 세계를 여실히 엿볼 수 있었다. 이와 같이 깨끗하고 순수한 동심의 세계를 그 당시의 어린이들이 불렀던 노래를 통해 감상하는 것은 오늘날 어린이들의 마음에 아름다운 울림을 줄 것이다.

   둘째, 처녀들과 부인들이 정월 대보름과 추석 명절, 겨울과 봄에 부른 노래를 통해 조선의 여인네들은 명절 때나 평소 일할 때에 받은 스트레스를 노래를 부르면서 마음을 달래고 한을 풀었던 것을 감지할 수 있었다.

   셋째, 남성들은 정월 대보름날과 추석에 악기를 울리며 집집마다 돌면서 복을 빌어주는 문화를 알 수 있었다. 또 일꾼의 농기구인 쇠스랑과 호미 노래를 통해 이앙법이 발달하기 전인 산종시대(散種時代)에 농촌의 모습을 살필 수 있었는데 이 '호미 노래'와 '소시랑 노래' 같은 것은 오늘날에는 보기 어려운 것으로, 농기계 발달 이전의 태곳적 농민 생활의 편모를 엿볼 수 있었다. 이는 결국 지역적 놀이 문화를 통해 지역 거주민들이 서로 유대를 강화하고 친선을 도모하는 문화를 형성한 것으로 볼 수 있겠다.

제2부

구전(口傳)의 노래

1. 팽이 노래

팽글팽글　잘두돈다
요리조리　잘두돈다
고초먹고　매염매염

이 노래는 어느 때부터 부르기 시작하였는지 자세히 알 수 없으나 경향(京鄉)은 물론이고 대개 각 지방에서 불러온 것이다. 지방마다 가사가 조금씩 달랐을지는 몰라도 일반적으로 불렀던 노래이다. 어린아이들이 얼음판에서 팽이를 돌리는데 누구의 팽이가 더 오래 돌아가는지 내기하면서 부른 노래이다. 곧 장수를 비는 노래라고 해도 좋겠다.

2. 잠자래

짬자래 꿈자래
저리가면 죽는다
이리가면 산 - 다
고기고기 앉저라

이 동요는 조선의 각 지역에서 불렀다. 어느 때부터 이 노래가 시작되었는지를 정확히 알 수 없지만 하여간 오랫동안 선조들이 불렀던 듯하다. 아동들이 수수깡이나 혹은 긴 대나무 끝 부분을 휘어서 둥근 모양을 만들고 그 위에 말거미 줄을 씌운 잠자리채를 만든다. 이 잠자리채를 들고 다니면서 잠자리를 잡을 때 부르던 노래이다. 흔히 시골 아이들이 싸리나무를 휘어 둥근 모양으로 만들고 거기에 거미줄을 씌워 잠자리채를 만들어서 놀았다. 거미줄 대신에 둥근 모양의 싸리나무에 비닐봉지를 잘 씌워서 잠자리채를 만들기도 한다. 하지만 비닐봉지가 흔치 않던 시절에 이 방법을 흔히 이용하였다. 또한 이와 별조(別調)로, 평안도에서는 아래의 가사와 같이 부르기도 하였다.

앉질방 쫄방(혹은 '앉질곤 쫄곤'이라고도 한다)
쫄방 앉질방
파리 잡아 줄께
이리외 앉어리

3. 새야 새야

새야 새야 파랑새야   짹 짹 짹 짹
녹두밭에 앉지마라   짹 짹 짹 짹
녹두꽃이 떨어지면   짹 짹 짹 짹
청포장사 울고간다   우워 - 아

이 노래도 동요다. 조선의 각 지역에서 불렀다. 조선의 방방곡곡에서 아동들이 부르며 놀았는데 그 시초는 그리 멀지 않다. 동학란 때 불렀다. 동학란 때 전 녹두 장군이 고부에서 군사를 일으킨 난리를 이야기하는 것으로 퍽 예언적인 동요라고 하겠다. 이것이 6, 70년대에는 어른들이 농사지은 곡식에 새가 날아와서 쪼아 먹는 것을 쫓기 위해서 아이들을 시켰는데, 아동들이 참새를 쫓으면서 이 노래를 불렀으니 새 쫓는 노래가 된 것이다.

4. 하날 때

하날 때 두알 때
사마중 날 때 육낭 거지
팔대 장군 고두래 뻥

　이 동요는 어린아이들이 모여서 술래잡기 놀이를 할 때 흔히 부르던 노래이다. 이 노래는 연대가 오래된 느낌이 든다. 가사에 나타난 어투로 보거나 사실로 볼 때 더욱더 그러한 점이 보인다. 이 노래는 놀이를 할 때 부르던 것이다. 그 방법은 여러 어린아이가 모여 '가위바위보' 게임을 하여 술래를 할 사람을 정한다. 즉, '가위바위보'를 해서 이긴 사람은 몰래 숨고 진 사람은 술래가 되어 찾는다.

　그런데 술래잡기 놀이를 할 때 '가위바위보' 게임으로만 술래가 되는 자와 숨는 자를 정하는 것이 아니라 여러 어린아이가 나란히 서서 차례대로 '하날 때 두알 때' 하면서 세어가다가 마지막의 '뺑'을 말하는 사람이 술래가 된다. 선출 방법의 하나라고 하겠다.

　경기도 지방과 강원도 지방 일대에서 하는 놀이이다.

5. 달아 달아

1. 달아 달아 밝은 달아
   이태백(李太白)이 놀던 달아
   저기 저기 저 달 속에
   계수나무 박혔으니

2. 옥도끼로 찍어내고
   금도끼로 다듬어서
   초가삼간 집을 짓고
   양친부모 모셔다가

3. 천년만년 살고지고
   천년만년 살고지고
   양친부모 모셔다가
   천년만년 살고지고

➡ 해설

　이 노래는 대개 전국적으로 널리 퍼져 있는 노래로 달맞이할 때 부른다. 열다섯 살 전의 남자 아동들이 한밤중에 밝은 달이 뜨는 모습을 보기 위해 높은 산 위로 올라가 달맞이하면서 부른다. 대개 경기도 지방에서는 정월 대보름날 마른 싸리나무에다 볏짚으로 묶고서 횃불을 붙여 들고 "달님나라" 하고 노래한다. 다 타도록 부른다. 볏짚으로 묶어 횃불을 만들 때에는 자기 나이의 숫자와 같게 매듭을 만든다. 이때에 마을 청년들은 악기를 불면서 격려하고 응원한다. 또한 경기도 양주시 은현(隱縣) 지방에서는 팔월 십오일을 전후해서 여자아이들이 모여 뒷산에 올라가서 서로 손을 잡고 달맞이한 뒤 노래를 부르면서 마을로 돌아간다. 말하자면 달맞이 노래이다.

　황해도 안악 지방에서도 팔월 십오일에 놀이를 한다.

6. 꼭 꼭 숨어라

꼭 꼭 숨어라
머리카락 보인다

이 동요는 술래잡기할 때 어린이들이 부르는 노래이다. 어린이들이 모여서 '가위바위보' 게임을 하는데 이긴 자들은 모두 도망가서 꼭 꼭 숨는다. 진 한 사람은 고양이가 되어 숨은 자들을 찾는다. 이 놀이를 할 때 '당'이라고 하는 일정한 본거지를 두고 한다. 이 '당'에서 술래는 눈을 감은 채 열까지 세고 나서 눈을 뜨고 숨은 자를 찾으러 다닌다.

그런데 숨은 자들이 술래에게 들키지 않고 '당'에 도착하면 산 자가 된다. 반면에 술래에게 들켜서 잡힌 사람은 다시 고양이가 되어 숨은 사람을 찾는 놀이이다. 만약 여러 명이 술래에게 들켜 잡혔으면 다시 '가위바위보'를 하여 그 가운데서 마지막에 진 한 명을 술래로 정한다.

이 노래는 술래에게 들켜서 잡히지 않고 먼저 '당'에 도착한 사람들이 아직 숨어 있는 사람들이 들켜서 잡힐까 염려되어 이 노래를 부른다. 곧 고양이(봉사)가 된 술래의 뒤를 졸졸 따라다니면서 아직 안 잡힌 사람들에게 주의를 주느라고 이 노래를 부른다. 이것은 유래가 오래된 것으로 조선시대 일반적으로 부른 노래로 볼 수 있다.

7. 두껍아

두껍아 두껍아
네 집 지어 줄께
내 집 지어 다오

➡ 해설

   이 동요는 경기도 지방을 중심으로 각 지방에서 널리 부른 노래이다. 이 노래는 어느 때 불렀는가 하면 어린아이들이 모래밭에 앉아서 모래를 모아놓고 집 짓는 놀이를 할 때 부른다. 모래 속에 오른손을 넣어 파묻고서 왼손으로 모래 속에 파묻은 오른손 손등 부분을 두드리면서 모래가 단단하게 굳어지게 한다. 그렇게 한 뒤에 모래가 굳으면 오른손을 쑥 뽑는다. 모래집이 만들어진다. 그런데 그때 모래집이 무너진 자는 진 사람이 되고 모래가 무너지지 않아 완전한 모양으로 집 형태의 굴집이 된 자는 게임에서 이긴 사람이 된다. 이 노래는 모래집을 만들 때 무너지지 말라고 외우는 주문인 셈이다.

   또 이렇게도 부른다.

두껍아 두껍아
헌집 줄께
새집 다우

8. 군사놀이

어디 군산가   경상도 군살세
몇천 명인가   삼천 명일세
몇백 바퀴 돌았나   삼백 바퀴 돌았네
무슨 칼을 찼나   장도칼을 찼네!
무슨 신을 신었나   가죽신을 신었네
동대문이 어디인가   여길세

➡ 해설

　이 동요는 여러 아이가 모여 서로 손에 손잡고 둥근 모양으로 빙 둘러서서 부른다. 한 어린아이가 말한다. "어디 군산가!" 상대편의 어린아이가 대답한다. "경상도 군살세!" 이런 방식으로 차례대로 묻고 답하면서 놀이를 하는데 마지막에는 이렇게 묻는다. "동대문이 어딘가!" 그러면 두 명이 대답한다. "여길세!" 그리고 이 마지막에 말한 군사 두 명의 어린아이가 동대문을 만든다. 곧 두 군사가 된 어린아이가 서로 마주 잡고 있던 손을 높이 들면 동대문처럼 모양이 된다. 그러면 여러 아이가 그 문으로 빠져나간다. 이때 부르던 노래이다. 경기도 이남 지방에서 흔히 볼 수 있다.

9. 닭잡기

닭아 알 하나 주렴
십 년 돼서 넘어간 이 바주를 세워주면 알 하나 주지
그러면 세워주지

다 고쳤으니 알을 주렴
굴려요
굴려도 주렴
굴려요
굴려도 주렴

버려요
버려도 주렴
버려요
벼려도 주렴

서요
서도 주렴
없다

    이 동요는 아동 수십 명이 모여 서로 손을 잡고 빙 둘러앉아 담이 무너진 형태를 만들고서 부르는 노래이다. 그 둥근 모양으로 담을 만든 한가운데 앉은 아이가 닭이 되어 주인공 역을 맡으며, 그 담장 바깥쪽으로 앉은 아이들이 쥐가 되어 상대역을 맡는다.

    닭과 쥐가 하는 대화이다. 처음에 쥐가 알 하나를 달라고 한다. 닭은 무너진 담을 바로 세워주면 준다고 한다. 그러면 쥐가 된 아이는 담이 되어 빙 둘러앉은 사람들의 주위를 돌면서 다 세워놓는 시늉을 한다. 그리고 알을 달라고 한다. 이렇게 놀이를 하면서 서로 주고받은 말이 바로 이 노래이다.

    마지막에 가서는 닭이 "없다"고 하는데, 쥐는 화가 나서 닭을 쫓는다. 그러면 빙 둘러앉은 아이들은 쥐가 담 안으로 들어오지 못하도록 막는다. 쥐가 들어오면 닭은 담 밖으로 나가면서 피한다. 놀이에 유희가 가미된 것이다. 경기도 지방을 중심으로 조선의 방방곡곡에 널리 펴져 있다.

10. 어깨동무

어깨동무 찍게 동무
제삿집에 가는 동무
한잔주면 눈물 나오
두잔주면 웃음난다

이 동요는 봄가을 철에 어린이들이 서로 어깨동무하고 걷거나 같이 놀면서 부르는 노래이다. 충청북도를 중심으로 많이 부른다. 그중에서도 특히 보은 지방과 청주 지방에서 많이 부른다.

11. 고사리 꺾어

고사리 꺾어

잔대 꺾어

밥 비벼 먹세

이 노래는 봄철과 가을철에 열 명 정도 되는 여자아이들이 모여서 서로 손에 손잡고 한 줄로 열을 지어 앉는다. 맨 앞에 앉은 사람이 먼저 일어나 자기의 왼손과 다음 사람의 오른손을 마주 잡은 곳을 앞쪽에서 뒤쪽으로 앉은 자세로 걸어 넘어간다. 그다음 사람들도 같은 방식으로 차례대로 넘어가면 놀이가 끝난다. 충청도 지방에서 많이 부른다. 그 유래는 미상이나 오랜 듯하다.

12. 고사리 꺾자

고사리 꺾자
이거 이거
여기두 저기두
많이 있네

➡ 해설

앞의 11의 가사와 비슷하지만 노래하는 방식이 다르다. 여자아이 둘이
마주 서서 두 손을 잡고 두 발끝을 축(軸)으로 하여 빙글빙글 돌면서 한다.
전라북도 남원 지방이 중심이 되어 유행한다.

13. 수양산 고사리

(1) 수양산 고사리 끊어다가 우리 아버님 반찬하자
    (후렴): 끊자 끊자 고사리 끊자
(2) 삼각산(三角山) 고사리 끊어다가 우리 어머님 반찬하자 (후렴)
(3) 백두산(白頭山) 고사리 끊어다가 우리 언니 반찬하자 (후렴)
(4) 태백산(太白山) 고사리 끊어다가 우리 형님 반찬하자 (후렴)

어린아이들이 서로 손에 손을 잡고 반원형을 만들어놓고, 그 마주 잡은 손 사이로 넘어가면서 이 노래를 부른다.

전라남도 화순 지방을 중심으로 이 노래가 제일로 흥행한다.

14. 자리걷기 (1)

앞산에 비가 온다. 자리를 걷어라
떼굴떼굴
앞산에 해가 난다. 자리를 깔어라
떼굴떼굴

➡ 해설

이 동요는 충청북도 충주 지방을 중심으로 부르는 노래이다. 여러 아이가 같이 손을 잡고 한 줄로 선다. 맨 앞쪽 사람과 맨 뒤쪽 사람이 대장이 되어 지휘한다. 앞의 대장이 먼저 "앞산에 비가 온다. 자리를 걷어라" 하면 여러 아이가 "떼굴떼굴" 하면서 한데로 모인다. 뒤의 대장이 또 "앞산에 해가 난다. 자리를 깔아라" 하면 역시 여러 아이가 "떼굴떼굴" 하면서 바닥에 자리 까는 시늉을 하면서 논다. 유래는 미상하나 매우 재미있다.

15. 자리걷기 (2)

무주구산(無主龜山)이 흘려온다
개궁이에 낯은 씻고
치마 귀에 얼굴 닦고
빨리빨리 자리 걷어라
네

➡ 해설

    이 가사(歌詞)는 앞의 것과 좀 다르다. 여자들이 두 편으로 나누어 선다. 두 편은 각각 한 줄로 반원형을 만들고 양쪽 끝에는 대장이 선다. 한편은 주인(主人 : 甲)이라 하고, 다른 한편은 고인(雇人 : 乙)이라고 부른다. 을(乙) 편에서는 대장에서부터 세 번째 사람까지 삼각형(三角形)으로 손을 잡고 아무리 밀어도 쓰러지지 않게 준비한다. 그러면 갑(甲) 편에서는 대장을 선두로 해서 을(乙)을 삼각형으로 빙 둘러싼다. 감싸면 갑(甲) 편의 대장이 이 노래를 부른다. 그러면 을(乙) 편에서는 일제히 "네!" 하고 대답한다. 그러면 자기편을 이끌고서 그 둘러친 것을 푼다. 전라북도 남원 지방 중심으로 부르던 노래이다.

16. 호박 따기

허리가 아파서 살 수 있나   나 호박 하나 주오
지금 씨를 심었으니   있다가 오오

나 호박 하나 주오
지금 꽃이 피었으니   있다가 오오

나 호박 하나 주오
지금 겨우 매쳤으니   한참 있다 오오

나 호박 하나 주오
내일모레 익을 테니   그때에 오오

나 호박 하나 주오
그러면 따 가시오

안 떨어지니 어떻게 따요
집에 가서 목욕재계하고 떡 해가지고 와서 호박밭에 와 빌으오

➡ 해설

　이 동요는 충청북도 충주 지방을 중심으로 부른 노래이다. 여러 여자아이가 차례대로 상대방의 허리를 붙들고 앉는다. 그중에서 앞쪽에 앉아 있는 아이가 주인 역할을 맡고, 다른 한 아이는 호박을 얻으러 온 할머니 역할을 맡는다. 서로 묻고 대답한다. 할머니가 호박이 안 떨어진다고 하니까 주인이 빌고서 따 가라고 한다. 그런데 자꾸만 호박을 따 가려고 하니 호박 역할을 맡은 아이들은 서로 꼭 붙들고서 떨어지지 않으려고 한다. 할머니가 묘안을 짜내어 밤에 주인이 잠잘 때에 호박을 따 간다. 주인은 잠이 깨어서 호박이 없어진 것을 알고 도둑맞은 호박을 찾으러 밖으로 나간다. 호박 주인과 따 간 할머니가 서로 말하는 동안에 호박인 여자아이들이 모여와서 할머니를 마구 죽인다는 시늉을 한다. 이 놀이의 기원은 어느 때인지 모르나 투박한 감이 있다.

17. 토끼 씨름

갑(甲) 어디 갔다 왔니
을(乙) 영남(嶺南) 갔다 왔다

갑(甲) 뭘 하러 갔니
을(乙) 토끼 씨름 배우려

갑(甲) 어떻게 하든
을(乙) 이렇게 하드라

이 노래는 두 사람이 함께 놀면서 부른다. 먼저 갑(甲)과 을(乙)이 서로 등을 지고 반대로 선다. 갑(甲)이 손을 뒤로 돌려서 상대방의 허리띠를 잡고 앞으로 구부리면, 을(乙)은 갑(甲)의 등에 누워서 하늘을 쳐다보는 형상이 된다. 그때 갑(甲)이 을(乙)의 허리띠를 잡고서 이 노래를 부른다. 마지막에 가서는 을(乙)이 "이렇게 하드라" 한다. 그리고 나서 갑(甲)과 같이 구부렸다 폈다 동작을 반복하면서 논다.

충청북도를 비롯하여 전라도, 경상도 등 삼남 지방 일대에서 하는 놀이이다.

18. 달넘기

콩 강 정
띄 띄 고
화 산 에
달 넘 네

어린아이들이 함께 모여 서로 손을 마주 잡고서 옆으로 늘어선 채 앉는
다. 놀이하는 방법은 맨 마지막에 앉아 있는 사람부터 시작하는데 거슬러
그 앞에 앉은 사람의 얕은 손 위를 넘어간다. 이런 방식으로 사람들이 차
례대로 거슬러 올라가 처음에 앉은 사람에까지 넘어가면서 이 노래를 부
른다.

일정한 때 없이 어린아이들이 놀면서 노래한다.

이 놀이는 전라북도 장수 지방 중심으로 펴져 있다.

19. 담넘기

담 넘자
담 넘자
여이사
여이사

➡ 해설

이 노래는 정월 대보름이나 팔월대보름에 여자아이들이 함께 모여 두 편으로 나뉘어 반원형을 만든다. 먼저 갑(甲) 줄이 을(乙) 줄의 연한 손 위를 넘어간다. 만일 사람이 섰을 때는 손 아래로 빠져나간다. 넘어갈 때에 이 노래를 부른다.

전라북도 남원 지방에서 가장 성행하였다.

20. 버들피리

입에 물구 불면서
나네 나네 나네나 좋다 ('날날날' 또는 '닐닐닐')
진달래꽃 꺾어다가
금강산을 맨들자
손꼽장난 재미있네
우리들은 봄이라오
오색(五色)나비 날아돌고
파랑새 우는소을
게교 게교 호교 재미있네

이 노래는 봄철 버드나무에 물이 오를 때 어린아이들이 버들가지의 껍질로 피리를 만들어 불거나 버들잎을 반으로 접어 피리를 만들어 입에 물고 분다. 어린아이들이 버들피리를 만들어 불면서 놀 때 이 노래를 부른다. 이 노래는 대구 지방에서 흔히 불렀다.

21. 남자리 낙구기

너　여나 씨기 나
애　미를 마다 고
독구 독구 씨기 나 } 너워 너워
그리 가면 죽 — 고
이리 오면 살 — 고

이 동요는 경상북도 예천·영주 지방의 어린아이들이 많이 부르면서 논다. 어린아이들이 못이나 소(沼)가에 놀러 가서 잠자리 암놈을 잡아서 가슴통과 배 사이를 실로 매어, 막대기 끝에 묶어서 빙빙 돌리며 논다. 또는 잠자리 수놈을 잡아서 풀대에다 꽂아서 가지고 놀기도 한다. 이때에 부르는 노래이다.

22. 꼬사리 꺾자 (1)

콩 꺾자 콩 꺾자
수양산 꾀사리 꺾자

이 동요는 가을 하늘이 높고 달이 밝은 팔월 달밤에 부른다. 마을 아동들이 함께 모여 합창하면서 유기(遊技)한다. 경상남도 동래 지방에서 부르던 노래이다.

23. 꼬사리 꺾자 (2)

수양산 괴비
꼬시리 꺾자

➡ 해설

이 노래 가사와 놀이 방법은 경상남도 지방의 것과 동일하다. 곧 강릉 지방의 노래이기 때문에 가사(歌詞)가 좀 다르긴 하지만 거의 같다.

24. 진뺏기

동모들아 동모들아
힘 있게 뛰여라
잘 싸워 이겨라

➡ 해설

　이 동요는 강원도 춘천 지방을 중심으로 많이 부르는 노래이다. 이 노래는 어느 일정한 때가 없이 어린아이들이 함께 모이면 두 편으로 나누어 진뺏기 놀이를 하며 부른다. 어린이들이 두 편으로 팀을 갈라서 마주 보고 진을 친다. 놀이의 방법은 각자 상대편 아이한테 먼저 손을 대면 상대방 아이는 죽게 되는데 그러면 상대편 진을 차지하여 이기게 된다. 먼저 도망치는 팀과 추격하는 팀을 정한다. '가위바위보'로 정한다. 진 팀이 먼저 달아나면 이긴 팀이 쫓아가서 손으로 쳐서 잡는다. 그러면 그 사람은 포로가 되어 자격을 잃는다. 이 놀이를 할 때 자기의 편이 승전하기를 기원하면서 응원하는 노래이다. 이 노래는 전투 정신을 북돋우는 것으로 어린아이들이 부르는 동요이지만 꽤 많은 느낌을 준다.

　이 노래의 유래는 미상이나 꽤 오래된 것으로 보인다. 이와 같은 전투 작란 놀이는 조선의 전 지역에서 행해졌지만, 노래는 강원도 지방 중심으로 형성된 것이라고 하겠다.

25. 연날리기 노래

연아 연아 올라라
바람 듬뿍 받아라
하늘 까지 올라라
구름 까지 올라라

　이 동요는 음력 정월에 남자아이들이 연을 날리면서 부르는 노래이다. 연날리기는 한국의 민속놀이이다. 흔히 정월 초하루부터 대보름까지 연을 날린다. 연을 날리는 이유는 여러 가지가 있다. 액을 쫓는 주술적인 의미도 있다. 정월 대보름에 연에 '송액영복(送厄迎福)'이라는 글을 써서 해 질 무렵에 날리다가 연실을 끊어 멀리 날려 보내기도 한다.

　연의 역사는 화랑의 원류인 신교(神敎) 의식(儀式)에서 발생된 듯하다. 사기에 기록된 것으로는 고려 시대 최영 장군이 연을 날렸을 뿐만 아니라 그에 앞서 신라 시대 김유신 장군이 연을 날린 일이 있으니 연날리기는 꽤 오래된 놀이이다. 또한 바람을 이용하여 연을 하늘 높이 띄우는 연날리기 놀이는 오늘날 비행기의 원조라고도 말할 수 있다. 남방(南方) 야만국(野蠻國)에 표류한 사람들의 이야기로는 섬에서 육지를 정탐하기 위하여 흔히 쓴다는 말을 들었다고 한다.

　이로 보아 연은 전쟁의 도구로 사용된 것을 알 수 있다. 이 연의 종류는 20여 종이나 된다. 이 연날리기 노래는 조선의 전 지역에 퍼져 있는 것으로 조선 방방곡곡에서 연을 날렸던 것이다. 일반적으로 평안도 지방의 풍습은 정월 대보름날 "액내기야" 하고 소리치며 연을 날린다고 한다.

26. 하날 때 놀음

하날 때
두알 때
사마 정
날 때
영낭
거지

팔 때
장군
고드래
뽕

➡ 해설

이 노래는 강원도 양구 지방을 중심으로 많이 불렀다. 여자아이들이 아무 때나 모이면 신발을 벗고 자리에 다리를 쭉 뻗고 둘러앉는다. 다리를 쭉 펴고 앉은 여자아이들이 차례대로 하나씩 세어나간다. 그러다가 마지막 말마디의 '뻥'에 맞은 사람은 자기의 발을 안으로 끌어들여 다리를 접는데 먼저 끌어들이는 사람이 왕의 역할을 맡는다. 그다음은 개, 말, 닭 등의 순서로 역할을 맡고, 맨 마지막에 뻥을 맞은 사람이 도적놈 역할을 맡아서 물건을 훔쳐간다. 그러면 다른 사람들은 모두 우는 시늉을 하면서 도적을 왕에게 보고한다. 도적놈은 모르는 척하는데 아무리 자백하라고 해도 자백하지 않는다. 그러면 왕이 그를 불러들여 곤장을 치게 해서 항복을 받아낸다.

이 놀이는 대동소이하나 조선의 방방곡곡에 널리 퍼져 있다.

27. 군수놀이

1. 하날궁 2. 두알궁 3. 삼재 4. 엄재
5. 호박 6. 꺾기 7. 두루미 8. 찌강
9. 가드라 10. 꿍

➡ 해설

　이 노래는 '다리꼬기'라고도 부른다. 여러 어린아이가 모여서 신발을 벗고 빙 둘러앉는다. 하나부터 열까지 세어가다가 '꿍'에 해당된 사람이 군수의 역할을 한다. 그다음은 차례대로 좌수, 관리, 사령, 백성을 같은 방법으로 역할을 선정한다. 이때 백성은 피고가 된다. 이는 재판하는 놀이이다.
　이 놀이는 조선 시대에 발생한 것이나 연대는 확실치 않다. 주로 평안도 용천 지방 일대와 그 근방의 고을에서 이 놀이를 한다.

28. 동요

1. 일본(日本)놈이
2. 이등박문(伊藤博文)이
3. 삼천리(三千里) 강산(江山)을 다 먹으려고 하다가
4. 사실(事實)이 그러하여
5. 오방치기 안중근(安重根) 의사(義士)의
6. 육혈포에 맞아
7. 치를 벌 벌 떨고
8. 팔을 뚝 버치고
9. 구두끈도 못 매고
10. 하얼빈 십자(十字) 거리에서 죽었다

이 노래는 일종의 동요이나 상당히 민족적 의기를 부르짖는 것으로 생
각된다. 전국적으로 불렸다고 하겠다.

29. 영감 곶감

영감 곶감
닭의 다리 양감
영감 곶감
닭의 다리 양감

이 동요는 평안북도 지방 일대에서 아이들이 부른 노래이다. 노인들이 아이들의 잘못을 지적하여 욕하거나 나무라면 아이들이 도리어 노인들한테 이 노래를 부르면서 노인을 놀려 먹는다.

30. 갈강새

이빨 빠진 갈강새
암 닭 한데 챘네
수 닭 한데 챘네

이 노래는 황해도 지방 일대에 흩어져 있다. 아동들이 같은 또래의 아이가 이빨이 누렇거나 빠진 것을 보고 놀려줄 때 부르는 노래이다.

경기도 지방에서는 다음과 같이 한다.

앞니 빠진 중강새

우물 앞에 가지 마라

붕어 새끼 놀린다

31. 꼬부랑 할머니

꼬부랑 할머니가 꼬부랑 지팽이를 짚고 가다가

꼬부랑 남게 올라 꼬부랑 똥을 누니까

꼬부랑 개가 와 먹으려고 하는 것을

꼬부랑 지팽이로 치니

꼬부랑 개가

꼬부랑 깽깽 꼬부랑 깽깽

하면서 달아난다.

이 노래는 조선의 방방곡곡에 널리 펴져 있는 동요이다. 그 유래는 알 수 없으나 어린 아동들이 퍽 재미있게 부르면서 놀았던 노래이다.

32. 앵앵가

앵앵 울어라 너이 어미 죽어서
부고가 왔다 앵앵 울어라

이 동요는 함경남도 지방에서 어린아이들이 버들피리를 불며 불렀던 노래이다. 덕성면 지방에서는 민들레 대를 꺾어서 피리를 만들어 불면서 노래를 한다고 한다.

33. 숨기놀이 가(歌)

1. 한알궁   2. 두알궁   3. 세알궁
4. 네알궁   5. 단재   6. 연재
7. 인금   8. 다래   9. 어-이
10. 뚱기   11. 망개   12. 고불닥
13. 개아들

➡ 해설

이 놀이는 술래잡기할 때 눈 감는 봉사를 정할 때 쓰는 방법이다. 이 방법은 다른 지방과 동일하게 한다. 첫째 1번부터 차례대로 13번까지 부르다가 마지막 13번의 '개아들'을 부르는 사람이 봉사가 된다. 이 놀이도 조선의 방방곡곡에 널리 퍼져 있다. 이에 봉사를 정했으면 술래잡기를 하는데, 봉사한테 잡히지 않은 사람이 숨은 사람을 위해 다음의 노래를 부른다.

꼭꼭 숨겨라
머리꼬리
보인다

34. 한가래

1. 한가래　　　2. 인가래

3. 대짱　　　　4. 가래짱

5. 실노루　　　6. 노도루

7. 엄밤　　　　8. 시위

9. 가마　　　　10. 다리

11. 대꼭

➡ 해설

이 노래는 경기도 지방에서 부른 노래이다. 아무 때나 묘령의 여자아이들이 즐겨 불렀다. 그 유래는 노인들이 자기가 어렸을 때부터 있었다고 하는 것으로 보아 상당히 오랜 듯하다. 놀이하는 방법은 평안도 선천 지방의 군수놀이와 감사놀이를 보라.

또는 노인들이 남녀의 아동들을 데리고서 일종의 유기(遊技)처럼 노는 것이다.

35. 비듬놀이

실랑방에 불켜라
색시방에 불켜라

➡ 해설

　이 동요는 아동들이 비름 풀을 뜯어가지고 손톱으로 그으면서 하는 노
래이다. 비름 풀은 손톱으로 그으면 적색(赤色)으로 변하여 보기 좋게 된
다. 평안북도 영변 지방에서는 똑같이 비름 뜯는 놀이를 하면서도 가사는
다르게 부른다. 흔히 여자아이들이 하는 놀이이다. 영변 지방의 가사는 이러
하다.

　네 집에 불붙는다
　내 집에 불붙는다
　대장간에 불켜라

36. 한알똥 (1)

1. 한알똥   2. 두알똥
3. 단동   4. 연동
5. 님금   6. 다래
7. 호박   8. 꾀꼬리
9. 주루문   10. 짤

➡ 해설

이 놀이의 방법은 군수놀이와 방법이 같다. 평안북도 원산 지방에서 부르는 노래이다.

37. 한알똥 (2)

1. 한알똥　　　2. 두알똥
3. 삼사　　　　4. 네피
5. 오두둑　　　6. 뽀두둑
7. 제비사리　　8. 구사리
9. 종재비　　　10. 팔땅

이 놀이의 방법은 대체로 평안북도 영변 지방의 감사놀이할 때 여자아이들이 하는 것과 같다. 조선의 방방곡곡에서 여자아이들이 부르고 놀았다고 하겠다.

38. 줄넘기

1. 하나 하니   한나라 (이찌가라 닛봉)
   둘 하니 백두산 (니가라 시금치)
   곰보딱지 로시야
   고슬고슬 할머니
   구두 신어 보자구

2. 기로구 바니   이십삼(二十三) 새금치
   발꿈치도   설르설르
   이루와   주구우시 잠보

➡ 해설

이 놀이는 양쪽에서 두 아이가 마주 보며 줄을 잡고 빙빙 돌리면 한 아이가 한복판으로 뛰어들어 돌리는 줄에 걸리지 않게 줄을 넘는 놀이이다.

함경도 경흥 지방에서 흔히 한다. 조선의 방방곡곡에 널리 퍼져 있다. 일본풍이 느껴지는 놀이이나 참고적으로 기록하여 둔다.

39. 널 노래

덜컹 덜컹
하늘까지 올라라
떨어지지 말어라
궁둥이 깨지면
네 신랑 안 온다
덜컹 덜컹

이 노래는 정월 대보름을 전후하여 묘령의 처녀들이 집 안 뜰에 모여 널뛰면서 불렀다. 물론 조선의 방방곡곡에 널리 퍼져 있다고 볼 수 있으나 평안북도 영변 지방에서 흔히 부르면서 논다. 유래는 오래된 듯하다.

40. 평양감사(平壤監司)놀이

1. 상거리 낭거리 줄노노자 이만 자채
   못얻어 먹으니 네집에 불이야 호이궁
   짓궁 왔다갔다 거드러가느라 꿍

이 노래는 평안도 선천 지방에서 특별히 부른다. 곧 감사놀이를 하면서
도 부른다. 그 방법은 각자 역할을 정하는데 평양감사 한 사람, 그 밑의 역
할로는 역인(役人) 몇 사람, 개 한 마리, 돼지 주인 한 사람이 필요하다. 돼
지 주인은 먼저 개가 돼지를 물어서 먹었다고 역인에게 고소한다. 이 사건
은 차츰 위로 보고되어 감사가 고소 사건을 해결해준다.

이 놀이는 역할을 정할 때 모두 두 다리를 복판으로 펴고, 그중에서 한
사람이 이 노래를 부르면서 차례로 다리를 짚어 내려가다가 '꿍'에 닿는
사람이 감사의 역할을 맡고, 그다음도 같은 방법으로 순서대로 역할을 정
한다.

41. 감사놀이

한알 대
두알 대
세알 대
네알 대
네미
양금
고사리
땡

이 놀이 방법은 평안북도 영변 지방에서 감사놀이하는 것과 같이 한다.

42. 조개돌(조약돌) 채기

1. ① 참조개　　② 따비구　　③ 모두니
　　④ 쓰러리　　⑤ 쏠농이　　⑥ 닭가둠이
　　⑦ 쪼아잡기　⑧ 알바꾸　　⑨ 밥먹기

➡ 해설

　이 놀이는 평안북도 지방의 여자들이 모여 앉아 조약돌 네 개를 갖고 한가한 때 즐기는 놀이다. 이것은 네 개의 조약돌로 놀이를 하는데 아홉 번을 한 번도 틀리지 않고 조약돌을 높이 띄웠다가 땅에 떨어뜨리지 않고 손에 받는 사람이 이긴 자가 된다. 따라서 이 노래는 여자들이 모여 앉아 이 조약돌 놀이를 하면서 불렀다. 이 놀이는 조선의 방방곡곡에서 놀이를 하였으나 유래는 자세하지 않다.

　또한 평안북도 삭주 지방에서는 이 놀이를 "조아질" 놀이라고 한다. 영변 지방에서는 "조개질" 놀이라고 한다. 이 놀이는 많이 한다. 그런데 삭주 지방은 이 놀이를 14종으로 나눈다. 아래의 내용과 같다. 그러므로 이 조약돌 놀이는 지방에 따라서 약간의 차이가 있음을 알 수 있다.

2. ① 한 알 잡기　② 두 알 잡기　③ 세 알 잡기
　　④ 모두 잡기　⑤ 쌀 잡기　⑥ 한 알 낳기
　　⑦ 두 알 낳기　⑧ 세 알 낳기　⑨ 솥 걸기
　　⑩ 닭가둠기　⑪ 외양치기　⑫ 밥 머기
　　⑬ 물 머기　⑭ 뛰기

또한 서울 지방의 공기놀이와 함경도 지방의 공기놀이도 위와 동일하다. 그런데 창성 지방에서는 다음과 같이 한다.

3. ① 첫 집기　② 두 집기　③ 세 집기　④ 네 집기
　　⑤ 알 낳기　⑥ 가마 걸기

라고 하는데, 공깃돌 네 개를 가지고 논다.

43. 신통맹통

신통맹통 까부랑통   대문 안에 절구통
대문 밖에 청결통   영감 노친네 담배통
처녀 총각 바늘통(원산에서는 '고불통'이라고 한다.)

➡ 해설

이 노래는 평안북도 선천 지방 일대에서 아동들이 불렀다. 어른들이 가끔 아이들이 노는 모습을 보고서 그놈 '신통하다'고 말한다. 그런데 아이들이 그 말뜻을 터득하고서 '통'이라는 끝말을 이어서 끝말잇기를 하는 놀이이다. 영변 지방에서는 노래 가사가 이와 조금 다르다.

신통맹통 거불통　서울 남대문통 거불통
대문 안에 절구통　대문 밖에 개통
영감 노친네 담배통　처녀 색시 바늘통
부엌 앞에는 개궁이통　외양간 앞에는 소죽통
기름 도는 머리통　고운 처녀 상통
도두라진 젖통

이와 같이 한다. 다른 지방에서도 산견(散見)하는 것으로 흥미 있는 노래이다.

44. 거북이놀이

거북아 거북아 놀어라
만석 거북아 놀어라
천석 거북아 놀어라

➡ 해설

이 노래는 일반 농민들이 흔히 부르면서 복을 빈다. 먼저 바닥에 까는
자리로 만든 거북이 모양의 모자를 쓴 사람이 앞잡이가 되어 인도한다. 그
다음으로는 농악대가 마을의 집 대문 안으로 들어와서 여러 가지 재미있
는 놀이를 한다. 그 집에 복을 빌어준다. 그러면 이 복받이한 집에서는 음
식을 잘 차려서 놀이꾼과 손님들을 잘 대접한다. 흔히 추석날에 이 노래를
부르며 논다.

충청남도 천안 지방을 중심으로 부른 노래이다.

45. 장완이야

장완이야 장완이야 팔만도장완이야
건네전지 제처놓고 한데못본 내장완이야
장조쿤 장완이야 손재세 손재서
전지마닥 손세우세 짧은 밤에 간잠자세

➡ 해설

이 노래는 가을밤에 여자들이 한 집 안에 모여 앉아서 밤새워 길쌈을 할 때 즐겨 불렀다.

전라남도 순천 지방을 중심으로 이 노래가 널리 불렸다.

46. 널뛰기 노래

좀먹지 말게 뚜여라 칙간 밑에 꼭 꼽아놓고 꿍꿍 뚜여라
형네 집서 콩 하내를 얻어다가 심었드니
콩 한 되가 되였네
한 되를 심었드니 한 말이 되였네
한 말을 심었드니 한 섬이 되였네

이 노래는 여자들이 정월달과 추석 명절에 널뛰면서 부른다. 나무 베개 위에 널빤지를 올려놓고 널빤지 좌우로 여자들이 각자 올라선다. 두 여인네가 서로 마주 보며 널뛰면서 부른다.

전라남도 화순 지방에서 많이 부른다.

47. 영월(迎月)

저 달이 둥둥 산 넘어 온다
앞 山 우으로 달맞이 가자
저 달이 둥둥 물속에 잠겼네
뒷 강물 속에 달맞이 가자

이 노래는 정월 십오일 밤에 부인들이 떼를 지어 높은 곳으로 달맞이 가면서 합창한다. 영월곡(迎月曲)이다.

전라남도 강진·담양 지방을 중심으로 부른다.

48. 청어 엮자

청 청 청어 엮자
어떤 것이 새로운가
　　　(싱싱한가)

➡ 해설

이 노래는 전라남도 해남 지방 여자들이 상원(上元)과 추석(秋夕) 명절
에 두 패로 나누어 일직선으로 서서 손을 잡고 부른다. 먼저 선두에 선 사
람이 "청 청 청어 엮자" 하면서 힘차게 노래 부르면서 손과 손이 서로 맞
잡은 사이의 밑으로 빠져나가 빙빙 돌아간다. 그다음 차례의 사람들도 선
두가 돌아가는 방향에 따라 한쪽 손을 앞에서부터 머리 밑으로 감아간다.
(선두가 왼쪽으로 돌아가면 왼손이 감기고 오른쪽으로 돌아가면 오른손이
감긴다.) 이와 같이 움직여서 선두의 줄이 끝까지 돌아가 모든 사람이 감
기면 그때에 (어느 것이 싱싱한가) 노래하면서 그물을 끊는 시늉을 한다.
이때 손을 놓친 사람이 진 사람이 된다. 그 유래는 먼 것 같다. 이것이 해
양문학이라면 더군다나 여자들이 한다는 것으로써 경축할 만하다.

49. 수월래 춤

뒷동산에 토끼들은 포수(砲手)올까 근심하고
우리나라 부자들은 도적올까 근심하고
삼대독자 외아들은 병(病)이들까 근심하고
남자짜리 각시들은 시집살이 근심하고
우리같은 처녀들은 길쌈하기만 근심하네

➡ 해설

이 노래도 전라남도 영암 지방에서 유행하였다. 팔월 추석에 묘령의 처녀들이 모여 서로 곡조의 장단을 맞춰가면서 흥겹게 노래 부른다. 이것은 인생이 살아가는 과정에 있어서의 고락의 한 장면을 아주 여실히 드러낸 데서 한층 더 볼만하고 가치가 있다.

50. 쾌지나 칭칭

청천 하날에 별두 많다
(후렴: 쾌지나 칭칭 나네)
새덜 강변에 돌도 많다 (후렴)
노래에는 곡조도 많다 (후렴)
농사꾼이 놀든 자리에 짚석이가 안떨어진다 (후렴)
색시들이 놀든 자리에 댕기가 안떨어진다 (후렴)
영감이 놀든 자리에 담뱃대가 안떨어진다 (후렴)
할머니가 놀든 자리에 안경이 안떨어진다 (후렴)

➡ 해설

　　이 노래는 경상북도 대구 지방에서 줄다리기할 때 부른 노래이다. 한 마을 사람들이 모두 모여 편을 갈라 동쪽과 서쪽으로 선다. 집집마다 갖고 온 볏짚을 모아서 동아줄을 만든 것으로 줄다리기를 하여 자웅(雌雄)을 가린다. 동쪽 편의 사람들이 웅(雄)이 되고, 서쪽 편의 사람들이 자(雌)가 되어 줄다리기 경기를 한다.

　　또한 마을 사람들이 총출동하여 깃발을 높이 세워 올리고 꽹과리를 치면서 마을 신사에 정성스럽게 빌어 제사를 지낸다. 노래도 한다. 춤도 춘다. 매우 재미있는 놀이이다. 이는 역전(力戰)의 시초로서 역사가 오랜 듯하다. 강원도 춘천 지방에서도 동일한 가사를 부르며 줄다리기를 한다.

51. 지신밟기

이 샘물도 좋소
저 샘물도 좋소
주천겉은 샘물을
벌떡벌떡 마시오
에헤라 지신아

이 노래는 경상북도 대구 지방을 중심으로 많이 흥행한다. 음력 정월 대보름날에 농민들이 악기를 울리면서 집집마다 돌면서 뜰 또는 부엌에서 지신을 밟으면서 노래하고 춤춘다. 그러면 주인은 그에 대한 답례로써 술, 돈, 쌀 같은 것을 내어준다. 이것도 역사가 오랜 것 같다.

52. 화전가(花煎歌)

이때저때　　　어느때뇨　　　우리부모(父母)　　　생신(生辰)때라

우리부모(父母)　　생신(生辰)끝에　　　꽃노래나　　　짓고가자

쫓아가는　　　장미화는　　　가지가지　　　금빛이라

청루호생(青樓好生)　　살구꽃은　　　해를지고　　　휘노랬네

무릉도원(武陵桃源)　　복송화는　　　꽃中에도　　　임금일세

돌아못간　　　두견화(杜鵑花)는　　촉국산천(蜀國山川)　　생각하나

붉고붉은　　　봉선화(鳳仙花)는　　소운구성(簫韻九聲)　　춤을추고

알쏭달쏭　　　금은화(金銀花)는　　당상관(堂上官)의　　　관자되고

보기좋은　　　작약화(芍藥花)는　　미인(美人)마다　　　희롱하고

부석사중(浮石寺中)　　선비화(仙飛花)는　　의상대사(義湘大師)　　지팽이고

호박꽃　　　박꽃은　　　사재형제(四才兄弟)　　　휘돌았네

이 노래는 경상북도 의성 지방에서 많이 부른다. 봄에 꽃이 필 때 일반 사람들이 산자수명(山紫水明)한 곳을 가려 놀러 가서 꽃잎을 두고 화전(花煎)으로 부침개를 만들어 먹는다. 하루 종일 놀다가 집으로 돌아올 때 꽃가지를 꺾어 들고 오면서 부른다.

53. 농악(農樂) (1)

어허 중천 메더헐로   에 – 헤헤루사하하덜로
가면 가고 말면 말자   경상도로 시집을 갈까

에엘사절사하하절서   월상이 집에 놀러를 가니
월상이는 어디 가고   검은 개가 하나뿐이라

➡ 해설

이 농악은 전라남도 영암 지방에서 많이 부르는 노래이다. 정월, 김맬 때, 명절날에 농민들이 함께 모여서 악기를 치면서 논다. 노래 가사가 단순하면서도 퍽 재미있다. 이러한 농민의 모습을 통해 농업국가의 진정한 맛을 느낄 수 있다.

54. 농악(農樂) (2)

절우자　　　절우자　　　이모판을　　　절우자
절우자　　　절우자　　　유지장판을　　　절우자
절우자　　　절우자　　　갈모꼭지를　　　절우자
어치고　　　저치고　　　매구손으로　　　밀치고
절우자　　　절우자　　　가신아오래비　절우자
(이 노래는 모 뽑을 때 부른다.)

해돋았네　　　해돋았네　　　동해동천(東海東天)에 해돋았네
매화일월(梅花日月) 돌아오는데　이슬털줄　　　모른는가
시월이라　　　왕대밭에　　　금비들기　　　알을낳네
그알을　　　내줬으면　　　금년(今年)과거　　　내해련만
이논뱀이　　　모를승거　　　입이넘무　　　장하도다
우리부모(父母)　　　산소등에　　　솔을심어　　　정자로다
(이 노래는 모심을 때 부른다.)

➡ 해설

이 노래는 모심을 때 부르는데 방법은 다른 지방의 농악과 비슷하다.
경상북도 의성 지방에서 흔히 부른다.

55. 농악(農樂) (3)

방아헤 이방아가 누방아인고
강태공(姜太公)의 조작방아 에헤요 방아헤

이 노래는 마을 사람들이 함께 모여 풍년을 기원하는 뜻에서 농악 치면서 노래하고 춤춘다. 온 마을을 한 바퀴 돌면서 풍년을 기원한다. 마을을 돌아 나오는 길에서 '쾌지나 칭칭 나네' 하면서 나온다.

경상북도 경산 지방에서 흔히 부른다.

56. 지신놀이

지신지신	눌리세 (樂)
어루하세나	지신아 (〃)
이집지은	대목아 (〃)
쪼막도끼	둘러메고 (〃)
뒷동산	올라가 (〃)
낙락장송	솔비여(〃)
굽은나무	잭게하고 (〃)
실렁톱질	하야 (〃)
사모에	톱질하야 (〃)
초가삼간	집을지야 (〃)
정지구석도	네구석 (〃)
방구석도	네구석 (〃)
사사십육(四四十六)	열여섯구석 (〃)
이집지은	삼년만에 (〃)
아들이나거든	효자가나고 (〃)
딸이나거든	열녀가나고 (〃)
어루하세나	지신아 (〃)

이 노래는 경상북도 청송 지방의 노래이다. 부르는 방법은 다른 지방과
같다.

57. 지신 노래

이집지은 대목(大木)은 김대목(金大木) 박대목(朴大木)이 이집을
지었다
연장망태 짊어지고 삼각산(三角山) 올라가서 나무 한 줄을
맡아서 좋은 나무 베여서 팔목도로 매여가지고
마당가에 갖다 놓고 연장망태를 헤쳐 놓고 알매치고
사방(四方) 평경을 달고 평경소리 요란하다
이집지도를 눌누자 성주도태를 눌누자
마가라 마가라 도적놈 마가라
마가라 마가라 애편장이 마가라
천년수(千年壽)로 딴겨라 만년수(萬年壽)로 딴겨라

➡ 해설

이 노래는 경상북도 청도 지방에서 흔히 부른다. 대구 지방에서도 대개 이와 같다. 가사는 다른 것에 비해 상당히 다른 점이 있다. 이는 사계(斯界)에 퍽 참고가 될 것으로 생각된다.

58. 지신밟기

어 — 헐사 지신아 지신지신 울이라

이집 짓든 대목(大木)은 어느 대목이 지었노

각성바지 중에서 그중에 한 대목이 지였지

강남서 온 제비 솔씨 한 되를 물어다가

조선 천지 허텄드니 한장목이 되였구나

앞집에 김대목(金大木)아, 뒷집에 박대목(朴大木)아

서른세 가지 연장 망태를 둘러메고

서울 앞산 종남산 서울 뒷산 삼각산(三角山)

전라도(全羅道) 지리산(智異山)서 나무 한개 작발하니

까막까치 집을 지여 어그 나무 부정하다

또 한개를 작발하니 날새 들새 집을 지여어

그 나무도 부정하다 황해도 구월산(九月山)서

나무 한개 작발하니 굽은 나무 굽다듬고 자진 나무 잣다듬어

이 집을 지었고나 사모에 달 풍경아

딍경소리 요란하다 이 집 짓든 삼년(三年)만에 아들이 나면 효자
(孝子)가 나고

딸이 나면 열녀(烈女)가 났소 잡귀잡신(雜鬼雜神) 뭍 알로

만복(萬福)은 이 집으로

➡ 해설

이 가사는 경상남도 동래 지방에 있는 것으로 농민들이 음력 정월 대보름날에 시행하는 일종의 가장행렬(假裝行列)이다. 이 지신밟기 놀이는 집집마다 다니면서 지신(地神)을 밟아서 잡귀를 쫓아내고 집집마다 올 한 해 동안 만복이 깃들기를 기원하는 뜻에서 한다. 이 놀이에서 제일 중역을 맡은 사람은 사대부(四大夫), 팔대부(八大夫), 수부(狩夫)이다. 사대부와 팔대부는 큰 관을 머리에 쓰고서 긴 대나무 담뱃대를 입에 물고 제일 앞에 걸어나간다. 그 뒤로는 수부가 잡은 꿩을 망태기에 넣고서 총을 어깨에 메고 나간다. 이어서 여러 가지 모양으로 만든 가면을 쓴 사람들이 징·북·꽹과리·장구를 치면서 따른다. 사람들이 서로 밀고 밀리면서 부유한 집을 차례로 찾아다니며 지신을 밟는다. 이때에 이 노래를 부른다. 주인이 사례하는 것은 다른 지방과 같다.

59. 메밀 노래

메밀가든 사흘만에 메밀밭에 가니까네
꽃은 흰 꽃이요 잎은 푸른 잎이요
대는 붉은 대요 열매는 캄은 열매
깔닥 낫을 손에 들고 올라가며 한 단 비고
내려오며 두 단 비고 두리두리 비여 내어
바리바리 실어다가 멍석으로 자리피고
도리깨로 난장마쳐 싸리비로 슬럭쓸어
방간에다 배락마쳐 채구멍을 빠자나와
금반자 찌는솥에 부득부득 치대가고
안반에다 분을발라 홍두깨다 분을 입예
은장두야 드는칼에 와삭와삭 끊아가고
조구마는 노구솥에 와삭와삭 끊아가고
조구마는 노구솥에 기름장물 똑띡껫서
마락케 대우처서 은대접에 은절걸고
놋대접에 놋절걸고 맛있껬고 나움나움

➡ 해설

이 노래는 가을부터 겨울까지 여자들이 한 방 안에 둥글게 모여 앉아서 흥겹게 부른다.
경상북도 영덕 지방의 노래이다.

60. 베틀 노래

생글생글　생까락지　호닥질노　딱가나여
먼대보니　달일네라　잘에보니　처녈네라
그처자야　자는방에　숨소리도　들릴네라
말소리도　들일네라　말소리도　들릴네라
열한가지　약을먹고　명주천에　목을매어
자는듯이　죽고저라　우리엄미　들었으면
골이라도　서글할네

➡ 해설

　이 노래는 겨울부터 봄까지 부른다. 여자들이 길쌈을 하면서 조용히 부른다. 이는 아마도 신라 시대에 하던 유풍이 아닌가 한다. 가배(嘉排)날 여자들이 함께 모여 누가 길쌈을 더 많이 삼는지 내기하기 위해서 놀던 그 때의 일편(一片)이 오히려 남아서 전해오는 것이 아닌가 의심을 던져준다. 아직 확실한 증거가 미약하여 자신이 없으므로 그냥 두고 후일을 기다리기로 한다.

　경상북도 영덕 지방의 노래이다.

61. 둥기당 타령(打令)

(후렴: 둥기당 둥기당 둥기당 더허어리 더허어리 더허어리 더허
어리 두당당)

물밑에 파을 심어   그파이럼 경파(鏡波)로다
서방님은 귀동자요   소녀(小女)몸은 천첩(賤妾)이라
발을가자 굽을치고   님은잡고 안이놓네
서방님은 부대평안이가오 오냐춘향잘있거라
일자낭군 이별후(離別後)로 소식(消息)조차돈절하다
그만저만파연곡(破燕曲)하니 북두칠성(北斗七星)이앵도다

➡ 해설

이 노래는 지금부터 270여 년 전에 구전되어 내려온 것이다. 그 작품은
미상이지만 뛰어난 솜씨가 있는 곡조다.

경상북도 김천 지방에서 성행한 노래이다.

62. 계화타령(桂花打令)

(후렴(後念): 계화(桂花)야 좋소　계명산(鷄鳴山) 허리로구나
　　　　　　명년하삼사월(明年夏三四月)로　백포장(白布帳)노름
　　　　　　을 나간다

1. 대성전 대떨보 멍맥이 거렴을 걸어라
　　아기작 아기족거리고 허넝거리고 걸어라
2. 백모래밭 금자라래 걸음을 걸어라
　　아기작 아기족거리고 걸어라
3. 노방청 마당에 수기생 거렴을 걸어라
　　아기작 아기족 그리고 허넝청 그리고 나아간다

이 노래는 유래가 자세하지 않으나 구전되어 오는 말로는 지금으로 270여 년 전부터 김천 지방에서 유행하였다고 한다.

경상북도 김천 지방에서 흔히 불렀다.

63. 적마가(績麻歌)(1절 첩의 노래)

달이 떴네 달이 떴네 　홍살문에 달이 떴네
저 달이 뉘 달 인고 　양산 원님 달일래라
양상 원님 어디가고 　달 떴는 줄 모르난고
첩의 방에 놀러갔네 　양산 원님 놀러갔네
첩의 집은 꽃밭이고 　본댁 집은 칡밭이라
밤으로는 자러가고 　낮으로는 놀러가네
큰어머님 거동 봐라 　첩의 집에 가니 칸에
첩의 년이 거동 봐라 　이 몸으로 볼진대는
당다실노 역근듯고 　선수박씨 각근듯고
여자 눈에 저만할 때 　남자 눈에 예른할가
첩의 년이 거동 봐라 　꽃방시기 화방시기
화죽설대 내여 놓고 　설화주에 담배 담고
큰어머님 역앉었소 　어라 이년 물러가라
썩온 집단 깔고 앉아 　서른지정 하고 갈세

➡ 해설

이 노래는 여름밤에 여자들이 모깃불 가에 모여 앉아 옛날이야기도 하
고 길쌈도 하면서 불렀다.

경상남도 동래 지방에서 부른 노래이다.

64. 진삼가래

김해김산(金海金山) 진삼가래 남해남산(南海南山) 잔솔가지 불에 삼고
달에 삼고 초성에 진삼가래 그믐까지 걸여라
삼아 놓고 사흘 몸살 매여 놓고 사흘 몸살 짜 놓고
석 달 몸살 직념을 빌가 도복을 빌가
무음애기 적삼을 빌가 하나 섶도 없고 짓도 없고
개자하니 살이지고 입자히니 때가 묻고
횃대 끝에 걸어놓고 들며보고 날며보고

이 노래는 여자들이 팔월 달 밝은 밤에 한 집 안에 모여 앉아 진삼을 가래면서 부른 것이다. 이 노래 역시 팔월에 부른 것으로 보아 신라 시대부터 내려오는 유풍이 아닌가 한다. 국문학상의 가치로 볼 때 다소 인정할 수 있으나 아직 연구 체계가 분명치 못하기 때문에 그냥 두기로 한다.

경상남도 통영 지방에서 흔히 불렀다.

65. 달맞이 노래

신월(新月)이 원만(圓滿)하니 국태민안(國泰民安) 가기(可期)로다

요순지시(堯舜之時)에 일월광화(日月光華)하야 만민해온(萬民解慍)하나

이야 그 때가 아닌가

　➡ 해설

　이 노래는 정월 대보름날 밤에 남녀노소 가릴 것 없이 짚으로 만든 횃불을 들고서 먼저 떠오르는 신월(新月)을 맞이하려고 다툴 때 부른다. 이 달맞이 풍습은 상고시대로 거슬러 올라갈 수 있다. 정월 대보름에 뜨는 달을 보고서 그해의 농사가 흉년이 들지 풍년이 들지를 점쳤다는 덕설(德說)이 전해온다.

　사북공(史北公) 보조(普調)에 “다른 사람보다 먼저 보름달을 본 사람은 그해 운수가 좋다. 만일 처녀가 먼저 보름달을 보면 이해에 시집가서 아들을 낳는다”고 한다. 이러한 이야기는 널리 전해오는데 평안도 등에서도 먼저 보름달을 보면 그해에 아들을 낳는다고 한다. 그래서 소녀들이 앞다퉈 달맞이를 한다고 한다. 유래가 깊은 노래인 듯하다.

　강원도 춘천 지방에서 부른 노래이다.

66. 칭칭놀이

청천 하날에 잔별도 많다
(까지나 칭칭 나 — 네)
이내 자슴엔 수심도 많다
(까지나 칭칭 나 — 네)

➡ 해설

　이 노래의 유래는 왜놈의 말에 의하면 "加藤清正이 나오네"에서 나온 말이라고 전한다. 일편(一片)의 음(音)이 비슷하여 그럴 듯이 들린다. 또한 이 노래는 일반적으로 선원들이 선기(船旗)를 높이 세우고 재래식 악기를 연주하는데, 한 사람이 선창하면 여러 사람은 후렴을 부른다고 한다. 이로 보아 임진왜란 때 가토 기요마사(加藤清正)가 군사를 이끌고 상륙하는 형세를 보고서 한 노래라고 하겠다. 그런데 노래 가사가 너무나 마음이 아프고 비관적인 점이 있으며, 왜놈의 말을 단정적으로 믿을 수 없기 때문에 그 가사의 뜻은 후일을 기다리는 것이 좋을 듯하다.

　강원도 고성 지방을 중심으로 불렀으며, 호남 지방 일대에도 많이 부른 노래이다.

67. 우물제

뚫어라 뚫어라
물구멍만 뚫어라

이 노래는 농악을 치는 농악대가 우물가를 빙빙 돌며 부른다. 이렇게 놀이를 하는 것은 우물에 제사를 지내면 일 년 동안 내내 맑은 물이 솟아 나온다는 데서 유래한 것이다. 상당히 오래전부터 전해오는 노래인 듯하다. 강원도 삼척 지방에서 즐겨 부른 노래이다.

68. 어부가(漁夫歌)

1. 줄이 줄이 열구신 독에
   옥백미로 술 빚어 놓고
   어내나 독에서 술맛을 볼고
   (후렴: 지아자 좋네 에헤 ― ― 야요)

2. 에야듸야 에야듸야 에야듸야 돛달아라
   어영도 바다에 돈실네가 잔다

3. 뱃님재 아주맘 울네좋아
   조선여들도 도자원다하여왔네

4. 은전으로 굴마루 놓고
   지전으로 만당화 띄웠네

이 노래는 정월 14일과 15일에 어부들이 모여 북 치고 놀며 부른다. 그 유래는 신교의 무당에서부터 나온 듯하다. 여기서 어부가 부르는 '돈실녀'라는 노래 가사가 무당들이 봄맞이할 때 부르는 '영평 바다에 돈실녀 가자'라고 하는 곡조와 같기 때문이다.

평안남도 평원 지방을 중심으로 하여 평안북도 황해도 지방 일대에까지 놀이가 전해온다. 서울 기호 지방에서는 신식화한 '배따라기'라는 노래를 부른다.

69. 김서방(金書房)놀이 (1)

(問): 건넛집 김서방 나무하러 가세   (答): 배 아파서 못가

　〃　　무슨 배　　　　　　　　　　　　　〃　　자래배

　〃　　무슨 자래　　　　　　　　　　　　〃　　엄자래

　〃　　무슨 엄　　　　　　　　　　　　　〃　　소엄

　〃　　무슨 소　　　　　　　　　　　　　〃　　탁소

　〃　　무슨 탁　　　　　　　　　　　　　〃　　비지탁

　〃　　무슨 비지　　　　　　　　　　　　〃　　콩비지

　〃　　무슨 콩　　　　　　　　　　　　　〃　　새콩

　〃　　무슨 새　　　　　　　　　　　　　〃　　촉새

　〃　　무슨 촉　　　　　　　　　　　　　〃　　맨긴촉

　〃　　무슨 맨긴　　　　　　　　　　　　〃　　당맨긴

　〃　　무슨 당　　　　　　　　　　　　　〃　　새낭당

　〃　　무슨 새낭　　　　　　　　　　　　〃　　개새낭

　〃　　무슨 개　　　　　　　　　　　　　〃　　보리개

　〃　　무슨 바리　　　　　　　　　　　　〃　　통바리

　〃　　무슨 통　　　　　　　　　　　　　〃　　머리통

　〃　　무슨 머리　　　　　　　　　　　　〃　　말머리

　〃　　무슨 말　　　　　　　　　　　　　〃　　타는말

이 노래는 가사가 상당히 재미있고 문학적이다.

평안북도 지방 일대에서 부른다.

또한 이와 대동소이한 것으로 평안북도의 영변 지방의 놀이를 아래에 기록한다.

70. 김서방놀이 (2)

(問): 건네 집 김서방 나무하레 가세	(答): 배아파 못가
〃　　무슨 배	〃　　자래배
〃　　무슨 자래	〃　　업자래
〃　　무슨 업	〃　　진지업
〃　　무슨 진지	〃　　코진지
〃　　무슨 코	〃　　맹근코
〃　　무슨 맹근	〃　　당맹근
〃　　무슨 당	〃　　새낭당
〃　　무슨 새낭	〃　　개새냥
〃　　무슨 개	〃　　보리개
〃　　무슨 보리	〃　　퉁보리
〃　　무슨 퉁	〃　　비지퉁
〃　　무슨 비지	〃　　콩비지
〃　　무슨 콩	〃　　새콩
〃　　무슨 새	〃　　할미새
〃　　누 할미	〃　　네할미

➡ 해설

이 노래는 평안북도 영변 지방의 가사이다. 이 가사를 자세히 읽어보면 상대방을 놀려주려는 조롱조라는 것을 알 수 있다. 둘이 서로 이야기를 나누면서 문답하지만, 끝에 가서는 '네 할미'라는 조롱하는 말로 받기 때문이다.

71. 망치장군놀이

망치장군 대장군

하복에 하장군

처복에 처장군

범쓰구 놀쓰구

천년 지나 만년 지나

백모래 대장군

구시월(九十月) 시단풍에

나뭇잎이 떨리듯이

술술이 내리 강림 하소서

➡ 해설

이 놀이가 어느 때 시작되었는지 알 수 없으나 아마도 단군의 신교(神敎)에 의하여 시작된 것 같다. 퍽 신적(神的)인 내용이어서 흥미를 느끼게 한다. 이 노래를 부르면 망치를 쥔 사람의 손이 떨리는데 노래를 부르는 사람이 길흉을 물으면 그 손이 왼쪽이나 오른쪽으로 쓰러지며 대답한다.

이 노래는 평안북도 영변 지방을 중심으로 발달하였는데 빨래 망치를 손에 잡고 축원하면서 길흉(吉凶)을 따지는 것으로 미신적인 것이라고 하겠다.

72. 달구 노래

1. 닷자 닷자 달구나 닷자

    (후렴: 에헤 에헤리 달고로다)

2. 쿵쿵쿵쿵 힘차게 닷자

3. 물도주도 셀틈없이

4. 쿵쿵쿵쿵 달구닷자

5. 삼십삼천(三十三天) 치구르며

6. 이십팔수(二十八宿) 내리굴러

7. 달구나 닷자 잘닷는다

8. 이달구는 무슨달구

9. 무쇠달구 돌달구라

10. 가며오며 쿵쿵닷다

11. 돌과같이 닷은뒤에

12. 목수불러 치목(治木)을하고

13. 마루올려 세워놓고

14. 상량(上樑)마저 올린후에

15. 사벽(砂壁)발러 자리깔자

16. 이집짓고 삼년만에

17. 아들이나면 효자가나고

18. 딸이나면 열녀가나고

19. 구렁복은 사려들고

20. 사리복은 덤벼들고

21. 족조피복은 뛰어들고
22. 물복은 흘러들고
23. 새복은 날아들고
24. 쥐복은 숨어든다
25. 여사여사 잘닷는다

➡ 해설

이 노래는 평안도 지방 일대에서 지정(地井)을 꽁꽁 다질 때 부른다. 한 사람이 선창을 하면 모인 사람들은 그 말을 받아 후렴을 부른다. 남도 지방의 지신밟기와 비슷한 것으로써 '달구'라 한다.

황해도 지방에서 '달구'란 뜻은 상두꾼들이 산소에 가서 천광을 한 뒤 구덩이에 널을 넣고서 그 위에 흙은 얹는다. 그런 다음 그 가운데에 나무를 세워놓고 그것을 중심으로 주위를 빙빙 돌아가면서 무덤을 다지는데, '나무달구'를 갖고 한다고도 한다. 그때 '에허달구'라고 소리한다. 이는 평안도 지방과 방식이 다른 점이다. '에헤리 달구'란 뜻은 황해도 지방에서는 구월산(九月山)이란 산 위에서 시작되었기 때문에 그렇게 부른다고 한다. 또한 '달구'는 '단군'과 소리가 유사한 점으로 보아 사가(史家)의 고찰에서 일증(一證)될 것이라 믿는다. 유래는 먼 듯하다.

73. 소시랑 노래

(후렴: 에헤헤 헤헤에이야 소시랑이로다)
1. 서산 해가 다가기 전에
    이 한 배미 다 엎고 가자

2. 쉬지 말고 흙덩이를
    벌컥 벌컥 뒤집어라

이 노래는 소로 논밭을 갈아 흙을 뒤집어엎는 쟁기가 아니라 일꾼이 땅을 파는 농기구인 쇠스랑으로 땅을 파면서 부르는 노래이다. 옛날에는 이와 같은 방법으로 논농사를 지었으나 오늘날에는 이 농사짓는 방법이 폐지되었으니 요즘 젊은이들은 거의 알 수 없다. 평안북도 영변 지방에서 부르던 노래이다.

74. 호미 소리

에헤야 호 - 미야
호미가 놀 - 구서두
매구나 가자

➡ 해설

이 노래는 논에 모심는 이앙법이 발달하기 전의 산종시대(散種時代)에 불렀다. 벼 씨앗을 모판에 뿌렸기 때문에 논에다 모를 심으려면 모판에서 벼 모종을 뽑아야 한다. 곧 모판의 흙덩이를 엎어가면서 벼 모종을 뽑아서 벼 모종을 떠놓으면, 수십 명의 일꾼들이 품앗이하면서 논에다 모를 심는다. 이렇게 논에 심어놓은 모를 김맬 때 부르는 노래이다. 이 '호미 노래'는 '소시랑 노래'와 같은 것으로 오늘날에는 보거나 듣기 힘들다. 이것으로써 농기계 발달 이전의 태곳적 농민 생활의 편모를 엿볼 수 있다. 평안 북도 영변 지방에서 흔히 부른다.

75. 황해초가(黃海樵歌)

(後念: 버여라 부여 부여라)

1. 해지기 전에　다 비고 가자
2. 갈고랑 낫을　허리에 차고
3. 산에 올라　나무를 비자

이 노래는 황해도 지방에서 수십 명의 나무꾼들이 산에 올라가 나무하면서 부른 것이다.

76. 곱새치기

1. 일자무식 판무식이라 덜덜이 광창이로다
2. 이십 청춘 다 늙는다 애태지 마라 덜덜이 광창이로다
3. 서물서물 얽은 임은 오목오목 정이 들어 한데 쫄딱 반했네
4. 사설 좋다 넙적춘아 넙가래 같이 밀고 나간다.
5. 고개 골 집 아즈머닌 변들 개 눈 하구서두 서방질만 잘 한다
*6. 육육봉 토란 봉 개미허리 잘눅봉 강 건너 봉수봉 평양에 모란봉
   못 잡으면 또 나간다. 덜덜이 광창
6. 육노루 버덧다 신작로로다 덜덜이 광창이로다
7. 번쩍번쩍 드는시칼 네 왜 모르나 덜덜이 광창
8. 팔노루 버덧다 대철로(大鐵路)로다 못 잡으면 또 나간다
9. 구시월 설한풍에 나뭇잎이 떨어진다 덜덜이 광창
10. 아무소리 말어라 범이 소리 나간다 엄마 오래비 외삼촌이라
    덜덜이 광창

➡ 해설

　이것은 도박할 때 부르는 노래이다. 총 10번이다. *6번이 하나 더 있다. 상대방의 것을 잡아먹었을 때 *6번을 부른다. 모여 앉아 투전하며 부르는 노래는 조선의 방방곡곡에 널리 퍼져 있으며 출판되어 책으로 나온 것도 있다. 이것은 평안도에서 화투놀이하면서 부르는 유행가이다. 잡가집(雜歌集)에도 화투놀이하는 노래가 실려 있다. 그런데 7번을 '이리칠 저리칠 고운 아주마니 상판에 분칠, 하이칼라 머리에 기름칠'이라 하고, 8번을 '팔도강산(八道江山)은 금강산(金剛山)이로다'라고도 한다.

77. 풀묵

1. 풀묵풀묵 서울 갔다 오다가
   닭 한 머리 얻었네
   얻은 닭을 버릴까
   산 닭은 버릴까
   가매에다 살머서
   콩 독에 엿다가
   팥 독에 엿다가
   너두 먹고 나두 먹자

➡ 해설

　이 노래는 조선의 방방곡곡에서 부모님들이 어린이를 데리고 놀 때 서로 마주 보면서 손바닥을 때렸다 밀었다 하면서 부른다. 매우 재미있다.
　평안북도 지방을 중심으로 퍼져 있는 노래이다. 경기도 지방에서는 이러하다.

　2. 시장시장 할아범이 뜰을 쓸다 돈 한 푼을 얻어서
　　장에 나가 밤 한 말을 사다가 시렁 끝에 얹었더니
　　머리 까만 새앙쥐가 들락날락 다까먹구
　　썩은 밤 한 톨을 냄겼으니 큰 솥에다 삶을까 작은 솥에다 삶을까
　　대각솥에 삶아서 함박으로 풀까 쪽박으로 풀까 조리루 건저서
　　큰 칼로 베일까 작은 칼로 베일까 머깍칼루 베어서
　　겉껍질은 아범주고 속껍질은 어범주구
　　정살은 너구나구 먹자　달궁 달궁 -

　또한 전라도 지방에서는 이렇게 부른다.

　　들깡달깡 서울 갔다 오다가 밤 한 개를 얻어서
　　살강 밑에 묻었더니 새앙쥐가 들락날락 다까먹구
　　비늘 한쪽 남었길래 화로에 올렸다가 너고나고 둘이 먹으니
　　맛이 좋다 자장 자장 우리 아기 잘도 잔다

　이 노래는 자장가와 비슷한 감이 있다. 전라도 장흥 지방의 가사이다.

78. 따장

따장 거들장　줄누루노짱　해편잔채
못 얻어 먹으니　네집이 불효　삼베찌꿍　거들궁

이 노래는 황해도 지방에서 부른 것이다. 앞에서 말한 평안북도 선천 지방의 평양감사 놀이와 동일하다. 놀이하는 방법은 '평양감사 놀이'에서 보라.

79. 언문 노래

1. 가갸 가다가 거겨 거이겨 거렁에
   고교 고기잡아 구규 국 끓여
   나냐 나두먹구 너녀 너두먹구
   다댜 다먹었다

➡ 해설

이것은 경상북도 의성 지방에서 흔히 부르는 언문 풀이 노래이다. 경기도 지방에서는 이미 출판된 언문 풀이 노래가 있다. 또 전라도에서는 이렇게 한다.

2. 가갸 각시야　거겨 거있거라
　　머며 머할래　모묘 못쓴다 云云

3. 가갸 각쑤님네　거겨 거있어
　　마먀 말 좀 묻세　머며 머할래 云云

➡ 해설

이상의 두 종류 가운데서 2번은 장흥 지방에서 부른 것이고, 3번은 고창 지방에서 부른 것이다. 같은 전라도 지방이지만 서로 차이점이 있으므로 흥미를 끈다.

80. 일본(日本) 갔더니

1 일본 갔더니

2 이서방이 있길래

3 삼각산에 올라가

4 사방을 돌아보니

5 오사루가 있길래

6 육혈포로 쏘았더니

7 칠겁을 하여 달아나다

8 팔자(八字)가 사나와서

9 구둣발에 채여서

10 십리 밖에 떨어진다.

➡ 해설

　이 노래는 경기도 지방에서 부르던 것으로 일부만 전하여 대단히 유감으로 생각한다. 유래는 상당히 오랜 듯하다. '일본'이란 용어가 나오고 '오사루'란 용어가 나오는 것으로 보아 임진왜란 때부터 백성들이 즐겨 부르던 것이 아닐까 생각한다.

　오사루는 도요토미 히데요시(豊臣秀吉)의 어린애 때의 이름이다. 오사루를 쏘았다는 것은 일본에 대한 적개심을 고취하기 위해 선조들이 창작한 것으로 보인다. 노래 가사 전체를 알지 못하여 비록 유감으로 생각되지만 차후에 전체 가사가 발견되기를 기다리기로 한다.

81. 나두나두

1. 나두나두 전라두
   평양감사 홀라두

➡ 해설

이것은 평안북도 영변 지방에서 부르는 노래다. 여러 종류가 있다. 다음은 선천 지방에서 부르는 노래이다.

2. 나두나두 전라도(全羅道)
   평양감사(平壤監司) 목사두

그런데 전라도 고창(高敞) 지방과 고부(古阜) 지방에서는 이렇게 한다.

3. 나두나두 전라도(全羅道)
   전주고부(全州古阜) 딸라두

➡ 해설

이것이 정사(正詞)가 아닐까 한다. 유구상(柳龜相) 씨는 "동학란 때 全 장군(將軍)이 고부에서 기병(起兵)하였기 때문 이라"고 한다. 이를 통해 볼 때 그 유래를 짐작할 뿐만 아니라 다른 지방에서의 부르는 노래 가사의 뜻도 알 수 있겠다.

4. 나두나두 전라두
   경상두 항아두

➡ 해설

이 노래는 경기도 지방의 노래 가사이다.

82. 서화가(鼠火歌)

쥐 부리를
끄슬군다

이 노래는 함경북도 명천 지방에서 쥐 입을 불로 지지느라고 부르는 노래다. 정월 子日(쥐날)이 되면 일반적으로 볏짚을 묶어서 불을 붙이고 이 노래를 부르면서 집 안팎을 한 바퀴 돈다. 그러면 그해에는 쥐가 없어진다고 한다.

83. 수 십(數 十)

白首寒山心不老(백수한산심불노)　　兩人對酌山花開(양인대작산화개)

三山半落青天外(삼산반락청천외)　　四天關(사천관)지키는趙子龍(조
자룡)

烏江亭長倚船待(오강정장의선대)　　六出奇計漢陳平(육출기계한진평)

七年大旱逢甘雨(칠년대한봉감우)　　八年風塵楚覇王(팔년풍진초패왕)

九月山中春草綠(구월산중춘초록)　　洛陽東村李花傳(낙양동촌이화전)

都將秦東將軍煩吳起(도장진동장군번오기)

이 시(詩)는 일반적으로 함경북도 온성 지방에서 농한기를 이용하여 남자들이 놀이하며 부른다. 놀이하는 방법은 이러하다. 종이에다 인(人)·어(魚)·조(鳥)·치(雉)·성(星)·마(馬)·장(獐)·귀(鬼)를 만든다. 거기에다 각각 1부터 10까지 숫자를 써 넣어서 80매를 만들어서 둘로 나눠 가지고 게임을 하여 승부를 가린다. 그런데 인(人)·어(魚)·조(鳥)·치(雉)에 쓰인 숫자는 숫자가 많은 것이 이기는 것이고, 성(星)·마(馬)·장(獐)·귀(鬼)에 쓰인 숫자는 숫자가 적은 것이 이기는 것이다. 이와 같이 하면서 노래한다.

또 다음과 같은 것도 있다.

日落西山(일락서산)해가졌네	(或(혹)은 百年貪物一朝塵(백년탐물일조진))
二水中分白鷺洲(이수중분백로주)	(或(혹)은 西國忠臣趙孟德(서국충신조맹덕))
三山半落靑天外(삼산반락청천외)	
四月南風大麥黃(사월남풍대맥황)	(或(혹)은 四書三經(사서삼경)글工夫(공부))
烏江亭長倚船待(오강정장의선대)	六出奇計漢陳平(육출기계한진평)
七從七擒諸葛亮(칠종칠금제갈량)	八年風塵楚覇王(팔년풍진초패왕)
九秋月相細丹相(구추월상세단상)	秦逃將將軍(진도장장군)번오기

84. 놋다리밟기 (1)

이지래는	누지랜가	나라님의	옥지래지
이터전은	누터인가	나라님의	옥터일세
긔어데서	손이왔노	정상도서	손이왔네
미때갈을	받고왔노	신대칼을	밟고왔네
무슨옷을	입고왔노	철갑옷을	입고왔네
무슨갓을	쓰고왔노	용단갓을	쓰고왔네
무슨갓끈	달고왔노	새청갓끈	달고왔네
무슨망건	쓰고왔노	애을망건	쓰고왔네
무슨풍잠	달고왔노	호박풍잠	달고왔네
무슨창의	입고왔노	남창의를	입고왔네
무슨띠를	띠고왔노	관되띠를	띠고왔네
자주비단	동조고리	무명주	고루바지
옥록조록	구비입고	무슨보선	신고왔노
자지행전	치고왔네	무슨신을	신고왔노
목파래를	신고왔네	무슨반에	밥을주노
재주반에	차례주네		

➡ 해설

이 노래는 경상북도 의성 지방의 여자들이 정월 보름날 밤에 일정한 장소에 모여서 남쪽과 북쪽으로 조를 나눈다. 그들은 잠시 동안 노래 부르면서 즐겁게 놀다가 어른이 허리를 굽히고 연쇄형종대(連鎖形縱隊)를 지으면, 남쪽과 북쪽의 양쪽의 조에서 소녀 한 명씩 허리를 굽힌 어른의 등에 올라서 먼저 가기 내기를 한다. 원래 이와 같은 이름이 생긴 유래를 살펴보면 어른의 허리를 구부린 모양이 이와 같기 때문에 생겼다.

또한 고려 제31대 공민왕이 왕후를 데리고 안동으로 피난을 왔을 때 고을 백성이 왕과 왕후에게 적성(赤誠)을 표하기 위해 묘령의 처녀들에게 고기 다리(肉橋)를 만들게 하고서 그 위로 왕녀(王女)를 건너가게 한 데서 그 유래가 생겼다고 한다. 그리고 행사를 마친 뒤에 두 편에서 각자 소녀를 말 위에 태우고 서로 밀어 쓰러뜨리기 경기도 하였는데 그때 이 노래를 불렀다. 안동 지방에서 하는 놀이도 이와 같다. 아래의 85번의 가사 내용이 그것인데 위의 것과 서로 다른 점을 살펴보기 바란다.

85. 놋다리밟기 (2)

어너울에	청게산에	놋다리야	놋다리야
이터이는	누터이로	나라님의	옥터일세
이개와는	누개와로	우리나라	옥개왈세
손이왔네	손이왔네	그어데서	손이왔노
경상도서	손이왔네	무슨곳에	싸여왔노
여기곳에	쌓여왔네	몇대간을	밟고왔노
쉰네간을	밟고왔네	무슨옷을	입고왔노
백마사주	구두바지	곱게뉘벼	입었더데
무슨띠를	띠고왔도	광목띠를	띠고왔데
무슨버선	신고왔도	타래버선	신고왔데
그무엇을	쓰고왔도	말아기를	쓰고왔데
손이시려	어이왔노	풍이염에	쌓여왔데
입이시려	어이왔노	문언점복	물고왔데
무슨반에	채려주도	채죽반에	채려주데
무슨수저	놓였더뇨	은수저가	놓였더네
몇접시를	채렸더뇨	칠첩으로	놓였더네
어데다가	밥담었도	식기굽에	담어주데
어디다가	반찬주도	접시굽에	담아주데
어디다가	숙늉주도	삼칭쟁반	굽쟁반에
뚜에엎퍼	갔다주데	놋다리야	놋다리야

➡ 해설

위의 84번 <놋다리밟기> 해설을 참고한다.

86. 놋다리밟기 (3)

이기야가 어뇌기얀가 경상감사놋기얄세
몇닷장이나 밟아왔나 스물닷장 밟아왔네
기와값이 얼마인가 천냥천냥사천냥(千兩千兩四千兩)
무슨바지 입고왔나 누비바지 보개만 좋게 입고왔네
무슨허리띠 매고왓나 펄펄날려 환포단 허리띠 매고왔네
무슨버선 신고왔나 삼승버선 보기만 좋게 신고왔네
무슨잿님 매고왔나 돌돌마러통해주 보기만 좋게 매고왔네
무슨짚석 신고왔나 석쇠짚석 신고왔네

➡ 해설

이 노래는 경기도 이천 지방에서 불렀다.

87. 늦다리밟기 (4)

뵙자 뵙자 기와나뵙자   어디골이 기왈넌가
남성골이 기왈네
몇장이나 볼밧는가   서른석장 다 볼 받네
금봉당 허리에다 봄채걷고 행낭짓고 물우에다 물우당 짓고
물명주 바지가래 돌며주 단오가래
허리에 갑작 입으시고
청서홍사 갑가치마
주름을 좁게잡어   마장은 널이달어
일배일배 접저구리 짓은좁게잡어
옷고름은 널이달어
글 안허도 좋은 얼굴이   분쌀한지 올낸넌가
글 안허도 좋은 발이   꽃덩이를 신었던가
글 안허도 좋은 손에   은가락지 지넌든가
글 안허도 좋은 머리   금봉채를 진넜든가
쌍긋쌍긋 돌아감서
해봉산에 꽃일네라   해봉산에 꽃일네라

➡ 해설

이 노래는 전라북도 정읍 지방에서 부른 민요이다.

88. 강강수월래 (1)

징검아 노치야 강강수월래 노슬래

우리 어머니 노리개 막둥이 딸이 노래개요(혹은, 물네연장노리개세)

우리 할아버지 노리개는 글시판이 노리개요

우리 아버지 노리개는 간대술대 노리개요(혹은, 장기판이 노리개요)

우리 형님 노리개는 연지분지가 노리개요(혹은, 바늘골미가 노리개요)

우리 동생 노리개는 바늘골미가 노리개요

우리 종년 노리개는 함박쪽박이 노리개요

우리 머슴 노리개는 지겟다리가 노리개요(혹은, 지게통발이 노리개요)

➡ 해설

이 노래는 전라북도 정읍 지방을 중심으로 많이 부른다. 봄과 가을 달 밤에 미녀들이 함께 모여 놀이를 하는데 세 사람이 한 조가 된다. 두 사람은 서로 손을 맞잡고 한 사람은 그 위에 타고 돌아가면서 이 노래를 장단에 맞추어 부르며 춤을 춘다.

이 노래와 놀이는 지금부터 3, 4백여 년 전부터 전래되어 온다.

89. 수월래 (2)

1. 사랑창창 되창밖에 건너 초당(草堂) 내다보니
   범나부라 앉었길래 그나부를 쳐다보다
   이 천자(千字)배운글을 적수반장 다잊었네
   서당 안에 학도들아 서당(書堂) 밖에 학도들아
   선생(先生)님 앉인 눈을보라 꿩챌라는 매눈이다
   우리 부모(父母) 오시거든 매에갱개 갔다말고
   글에 반해 갔다하소

2. 한새안들 사랑알우 얀얏하다 붕사리꽃
   철철마다 피려뮤나
   우리 같은 동자들은 어는영에 또만나게
   갱비 갱비 내린물은 눈물삼어 살아보세
   이화창창 밝은 달은 애울삼어 살어보세

3. 새야 새야 파랑새야 너 멋 할러 왔듸야
   솔잎 대잎 푸리길래 하절인중 알었드니
   춘하추동(春夏秋冬) 날새기시 달 떠 온다 - -
   하날에서 달 떠 온다 달 우에는 별도 총총
   구름 속에 숨은 달은 해만 빽쭉 물었구나

4. 꽃도단포 화단치마 맵수나 좋게 잘라입고
   마당 좋고 동무 졸 때 신명털이나 하고 가세

➡ 해설

이 노래는 전라남도 보성 지방에서 부른 가사이다.

90. 수월래 (3)

하날에는　　　별도 총총　　　강강쉴래
동무도 좋고　마당도 좋네　강강쉴래
동무줄때　　　놀아보세　　　강강쉴래
솔밭에는　　　솔잎도 총총　강강쉴래
대밭에는　　　대도 총총　　강강쉴래

➡ 해설

이 노래는 전라남도 화순 지방에서 부른 가사이다.

91. 수월래 (4)

1. 개닐네야 개닐네야 이웃집에 개닐네야
   강강수월래

2. 대밭에는 대잎도 총총 물우에는 버금도 총총
   강강수월래

3. 하날에는 별도 총총 강변에는 작알도 총총
   강강수월래

4. 닭 가는데 꼬꼬소리 말 가는데 원앙소리
   강강수월래

5. 우리 벗님 어디가고 중추가절(仲秋佳節) 모루는고
   강강수월래

➡ 해설

이 노래는 전라남도 강진·담양 지방에서 부른 가사이다. 상원(上元),
단오(端午), 추석(秋夕) 명절에 여자들이 모여서 부른다.

92. 수월래 (5)

1. 하늘에는　별도총총　　　　　　　　　강강수월래
　 달가운데　계수도총총　　　　　　　　강강수월래
　 대밭에는　댓잎도총총　　　　　　　　강강수월래
　 솔밭에는　솔잎도총총　　　　　　　　강강수월래
　 마른댓끝　바서진다　　　　　　　　　강강수월래
　 보기좋은　복숭아꽃은　각씨들이흩어친다　강강수월래
　 샛강변에　돌도많다　　　　　　　　　강강수월래
　 앞뜰해당화는　각씨들이　밟으신다　　강강수월래

2. 강강수월래　우라버니 노리개는 간지수재 노리갤세
　 강강수월래　우러머니 노리개는 물래꼭지 노리갤세
　 강강수월래　우리형님 노리개는 함박박 노리갤세
　 강강수월래　우리오빠 노리개는 살부자리 노리갤세
　 강강수월래　우리할머니 노리개는 담배곡 노리갤세
　 강강수월래　우리동생 노리개는 곶감대초 노리갤세
　 강강수월래　작은일꾼 노리개는 지게통발 노리갤세
　 강강수월래　큰일꾼 노리개는 쟁기지게 노리갤세

➡ 해설

이 노래는 전라남도 장성 지방에서 부른 가사이다. 상원이나 추석에 여
자들이 부른다.

93. 수월래 (6)

하날에다　　베틀걸고　　구름잡어　　잉애걸고
대초나무　　북에다가　　오동나무　　보도집에
얼그덩덩　　떨그덩덩　　짜누랑게　　짜누랑게
편지왔네　　편지왔네　　서울에서　　편지왔네
앞문으로　　받아들어　　뒷문으로　　비춰보니
틀림없은　　붐지로세　　틀림없는　　붐지로세
머리풀어　　산발하고　　신발벗어　　손에들고
한모퉁이　　돌아가니　　까마귀이　　울음소리
두모퉁이　　돌아가니　　상여소리　　기막히네
어불형님　　관여르소　　아바지얼골 보구지오
저리가라　　불효(不孝)한놈
애비얼골　　볼래거든　　어째어제 아니왔나
사흘나흘　　긴길을　　하루반에　걸어왔다
보지못함　　원말이요

➡ 해설

이 노래는 전라남도 해남 지방에서 부른 가사이다. 상원(上元)과 추석
(秋夕)에 여자들이 노래한다.

94. 수월래 (7)

강강수월래 외여차 노저어라 시비물결에
깊으게 깊으게 깊으게 공같은 세상
나가는일길이 암만못해도
우리우리 우리우리 기운만하리
태평양가 태양이 아모리큰듯
우리우리 우리우리 발밑에자리

➡ 해설

이 노래는 전라남도 영암 지방 일대에서 부른 가사이다.

95. 수월래 (8)

1. 달아달아 밝은달아 　강강수월래
　　이태백이 놀든달아 　강강수월래
　　저기저기 저달속에 　강강수월래
　　계수나무 박혔으니 　강강수월래
　　옥도끼로 찍어내고 　강강수월래
　　금도끼로 다듬어서 　강강수월래
　　초가삼간 집을짓고 　강강수월래
　　양친父母 모셔다가 　강강수월래
　　천년만년 살고지고 　강강수월래
　　양친父母 모셔다가 　강강수월래
　　천년만년 살고지고 　강강수월래
2. 형님형님 四才형님 　강강수월래
　　시집살이 어떻턴가 　강강수월래
　　고치고치 맵다해도 　강강수월래
　　시집살이 더맵더라 　강강수월래

➡ **해설**

이 노래는 전라남도 완도 지방에서 부른 가사이다. 정월 보름과 추석 명절에 부인들이 일반적으로 부른다.

96. 수월래 (9)

야야총각 金도령아 강강수월래
신이없다 사사도라 강강수월래
신사주면 남이알지 강강수월래
돈을주면 내사신지 강강수월래

➡ 해설

이 노래는 경상남도 진주 지방과 전라남도 지방에서 부른 가사이다.

97. 수월래 (10)

성님성님 사촌성님　　강강수월래
시집살이 어떻턴가　　강강수월래
고초당초 맵다해도　　강강수월래
시집살이 당할넌가　　강강수월래
열두폭이 다홍치마　　강강수월래
눈물받어 다젖엇네　　강강수월래

➡ 해설

이 노래는 전라남도 완도 지방에서 부른 가사이다.

98. 수월래 (11)

1. 달떠오네 달떠오네 　 강강수월래
　 각씨방에 달떠오네 　 강강수월래
　 각씨님은 어데가고 　 강강수월래
　 저달뜬줄 모르는가 　 강강수월래

2. 해당화야 해당화야 　 강강수월래
　 명사십리 해당화야 　 강강수월래
　 잎꽃진다 설어마라 　 강강수월래
　 明年三月 봄이오면 　 강강수월래
　 젓든꽃이 다시피고 　 강강수월래
　 젓든잎이 피련만은 　 강강수월래
　 우리人生 한번가면 　 강강수월래
　 다시올줄 모르는가 　 강강수월래

이 노래는 전라남도 장흥 지방에서 부른 가사이다.

99. 수월래 (12)

강들강들 강드령아　　　강강수월래
강들책을 옆에끼고　　　강강수월래
무안땅에 장가들어　　　강강수월래
꿩새끼를 기른방에　　　강강수월래
닭새끼를 기른방에　　　강강수월래
꽃자리는 마다하고　　　강강수월래
짚자리만 좋탄다네　　　강강수월래
고기국은 마다시구　　　강강수월래
미역국만 좋탄다네　　　강강수월래
병풍밑에 봉애기는　　　강강수월래
젖만돌라 깡깡우네　　　강강수월래
물통같은 솟은젓은　　　강강수월래
사양말고 주시라소　　　강강수월래
아랫방에 하인들아　　　강강수월래
나서가자 나서가자　　　강강수월래
오든길로 나서가자　　　강강수월래
건넛방의 장인장모　　　강강수월래
나오시소 나오시소　　　강강수월래
반절이나 하고가세　　　강강수월래
애라이놈 요망한놈　　　강강수월래
온근절은 얼다두고　　　강강수월래

반절만은 하고가아　　　강강수월래
자네딸이 행실보며　　　강강수월래
반절이라 아까웁네　　　강강수월래
짓고가소 짓고가소　　　강강수월래
이름이나 짓고가소　　　강강수월래
자고가소 자고가소　　　강강수월래
할오밤만 자고가소　　　강강수월래

➡ 해설

이 노래는 전라남도 장흥 지방 일대에서 부른 가사이다.

100. 수월래 (13)

1. 놀려가세 놀려가세　　강강수월래
　　월선이방 놀려가세　　강강수월래
　　월선이는 어듸가고　　강강수월래
　　거문고만 걸렸는가　　강강수월래
　　거문고를 내려놓고　　강강수월래
　　저줄잡어 이리둥실　　강강수월래
　　이줄잡어 저리둥실　　강강수월래
　　둥덩둥실 타나보세　　강강수월래

2. 성님성님 사촌성님　　강강수월래
　　나온다고 근심마소　　강강수월래
　　쌀한되면 재쳤으며　　강강수월래
　　성도먹고 나도먹고　　강강수월래
　　누릉기밥 누렀은들　　강강수월래
　　성께주제 내게준가　　강강수월래
　　구정물이 나온단들　　강강수월래
　　성소주제 내소준가　　강강수월래

➡ 해설

이 노래는 전라남도 장흥 지방 일대에서 부른 가사이다.

101. 수월래 (14)

1. 비야비야 오지마라　　강강수월래
　 우리형님 시집갈제　　강강수월래
　 가마꼭지 물이들어　　강강수월래
　 비단옷이 다젖는다　　강강수월래

2. 북소리가 둥더둥덩　　강강수월래
　 나는고개 아니놀고　　강강수월래
　 무엇한가 二八靑春　　강강수월래
　 少年들아 백발보고　　강강수월래
　 웃지마라 少年늙어　　강강수월래
　 白髮되지 백발늙어　　강강수월래
　 少年될까　　　　　　 강강수월래

이 노래는 전라남도 순천 지방 일대에서 부른 가사이다.

102. 수월래 (15)

솔씨솔씨 대솔씨는   강강수월래
재가절로 떨어져서   강강수월래
재가절로 커가지고   강강수월래
엏더하는 선비님이   강강수월래
와서보고 가시드니   강강수월래
은도끼를 들게갈아   강강수월래
한번찍고 두번찍고   강강수월래
삼세번을 거듭찍어   강강수월래
눈그리고 코그리여   강강수월래
길가에다 모셔놓니   강강수월래
눈비맞기 더성헝다   강강수월래

➡ 해설

이 노래는 전라남도 담양 일대와 장흥 지방에서 부른 가사이다.

이 노래는 전라남도 담양 일대와 장흥 지방에서 부른 가사이다.

103. 수월래 (16)

1. 아가아가 말좀묻자   강강수월래
   너의선생 어디간늬   강강수월래
   약을캐려 갔다하네   강강수월래
   그약캐다 무엇하게   강강수월래
   죽을사람 살려내는   강강수월래
   환생초라 하옵디다   강강수월래

2. 둥개둥개 두둥갠가   강강수월래
   둥개바리 곶감이가   강강수월래
   하구영산 알밤인가   강강수월래
   어름궁이 수달핀가   강강수월래
   안옷고람 주주씬가   강강수월래
   겉옷고람 은행씬가   강강수월래
   겨울에는 흉님딸   강강수월래
   여름에는 냉수딸   강강수월래

*이하는 미상이다.

➡ 해설

이 노래는 전라남도 강진 지방에서 부른 가사이다.

양승이

1964년 경상북도 영주에서 태어났다. 고려대학교 국어국문학과 대학원 박사과정을 졸업하고 문학 박사학위를 받았다. 민족문화추진회의 연수부·연구부 과정을 마쳤으며, 약산 김학진·수송 양대연 선생에게 유교이론과 사서삼경, 제자백가를 배웠다. 원당 김제운 선생에게서 서예를 사사했으며, 김월운 스님으로부터 불경을 수학했다.

한국유학연구회 연구원과 국민문화연구소 연구위원을 거쳤으며, 육군사관학교에서 강의를 했다. 현재 한국방송통신대학교와 고려대학교 등에서 중국문학, 국문학, 한문학, 생사학 등을 강의하고 있다.

수상으로는 육군사관학교장 표창장 연속 4회, 전략기획본부장 표창장, 석사학위논문 우수논문상, 제3회 한국불교선리연구원 학술상, 문화체육관광부 한국간행물윤리위원회 우수저작상 등 많은 상을 받았다.

지은 책으로 『양씨보감』, 『한국의 상례』가 있으며, 옮긴 책으로 『사천집초고』, 『국역 매곡유고』 등이 있다. 주요 논문으로는 「쌍매당 이첨의 시문학 연구」, 「금강산을 중심으로 한 불교 시문학의 전개 형태 연구」, 「구암 한백겸의 예학과 그 영향」, 「金剛山 관련 文學作品에 나타난 儒家的 思惟 硏究」 등 20여 편이 있다.

사라지는 아이들 노래

초 판 인 쇄 | 2012년 12월 30일
초 판 발 행 | 2012년 12월 30일

지 은 이 | 양승이
펴 낸 이 | 채종준
펴 낸 곳 | 한국학술정보㈜
주   소 | 경기도 파주시 문발동 파주출판문화정보산업단지 513-5
전   화 | 031) 908-3181(대표)
팩   스 | 031) 908-3189
홈 페 이 지 | http://ebook.kstudy.com
E - m a i l | 출판사업부 publish@kstudy.com
등   록 | 제일산-115호(2000. 6. 19)

ISBN   978-89-268-4022-1 03810 (Paper Book)
            978-89-268-4023-8 05810 (e-Book)

이담 Books 는 한국학술정보(주)의 지식실용서 브랜드입니다.

이 책은 한국학술정보(주)와 저작자의 지적 재산으로서 무단 전재와 복제를 금합니다.
책에 대한 더 나은 생각, 끊임없는 고민, 독자를 생각하는 마음으로 보다 좋은 책을 만들어갑니다.